图书在版编目(CIP)数据

烦恼平息／林清玄著.—石家庄：河北教育出版社，
2012.5（2012.9重印）
ISBN 978-7-5434-8847-2

Ⅰ．①烦… Ⅱ．①林… Ⅲ．①散文集－中国－当代
Ⅳ．①I267

中国版本图书馆CIP数据核字（2012）第057901号

冀图登字：03-2012-007

书　　　名　烦恼平息
作　　　者　林清玄
责任编辑　袁淑萍　刘书芳
美术编辑　郝　旭
装帧设计　所以设计馆

────────────────────────────

出　　版　河北出版传媒集团
　　　　　河北教育出版社　www.hbep.com
　　　　　（石家庄市联盟路705号　050061）
发　　行　北京启发世纪图书有限责任公司
印　　刷　北京天来印务有限公司
开　　本　880×1230毫米　1/32
印　　张　8.25
字　　数　93千字
印　　数　15001-35000
版　　次　2012年6月第1版
印　　次　2012年9月第2次
书　　号　ISBN 978-7-5434-8847-2
定　　价　31.80元

────────────────────────────

目录

第五讲·悲哀是慈悲的根苗 /175

自序

向前走，走出眼前的轮回

怎样的一成不变，无关紧要的人生

到银行办事，等着叫号码的空隙，走到书报架想找一份报纸或杂志来看。

所有的书报都被拿光了，只剩下一份我从来不看的小报挂在架子上。

为了打发时间，我只好看那份小报。

有一个熟悉的名字吸引了我的注意，是一则航运新闻，特写的记者是三十多年前和我一起跑新闻的朋友。

三十几年前，他就在跑航运新闻；三十年过去了，他还在跑航运新闻。航运是新闻中的冷门路线，除非有空难或船难，航运记者几乎是报社中的隐遁者，写着一些无关紧要的新闻，过着一成不变的生活。

无关紧要了三分之一世纪，一成不变了三十几年，人生不蹉跎也难矣！

想起三十几年前我刚当记者的时候，充满了往前冲的理想与热情，如果我不转换路线、改变生涯，过了那么长的时间，或许也会那样，成为无关紧要、一成不变了。

高楼目尽欲黄昏，梧桐叶上潇潇雨。也许，没有也许，我们的生命仿如陀螺，在小圈子里转着转着，越转越慢，越转越慢……

三十年，准备倒下了。

突然叫到我的号码。

我走到柜台，遇到一个熟悉的面孔——开户的小姐，她的微笑、姿势、身材几乎没变。

但她的脸上已满是皱纹，她的头发已经半白了。

我想起当年的那个大学刚毕业的银行员，多么的青春秀丽，春风依稀十里柔情，夜月已是一帘幽梦，翠绡香减，就像是一个不动的电影镜头，镜中的人速速快转，花瓣正准备一瓣一瓣地辞枝。

在银行里，我也忍不住低喟叹息。

时间的速度是难以想象的，流年暗中偷换，你换了你的，我换了我的，有时在镜中看不清的自己，在别人的脸上却看见了。

出了银行，走过繁忙的东区街道，一大面的电视墙，正在重播昨夜的《新还珠格格》。

想到十多年前，《还珠格格》播出的时候，小儿子每到播出的时间，就会跑前跑后、跑上跑下地大喊："格格来了！格格来了！"

现在，小儿子已经比我高出半个头，是帅气的少年了。《还珠格格》又从头来一次，人物已全改换，剧情却是还魂。

生命或许如此无奈，只是一再地还魂。

我们看到繁华街头不断往前走的人，他们的人生亦没有往前走，只是不断地回到原点，只是不停止地轮转，有的人每天跑航运新闻，一跑三十年；有的人每天按时打卡，坐在同一张银行的椅子上。大部分人的生活就是这样，每天的出门，只是绕了一圈，回到原点。

这样一想，汗毛都会竖立，人生是多么可怕呀！

云散雪清，一切明明白白

乾隆皇帝和法磬禅师坐在金山顶上，看着往来如织的江上船帆，问道："这江上每天有多少船来往呀？"

法磬说："只有两艘船！"

乾隆："怎么会只有两艘呢？"

"一条为名，一条为利！"

为大名大利奔赴前程还是好的。

可叹的是，大部分人只为了谋生的小利，并未奔赴远方，反而在小小的地方打转。

轮回不是前世，也不是来生，轮回只在眼前。

如果人生不是浩荡前行，就是绕了一轮又回到原点。

蒙昧无知是活在轮回。

沉沦欲望是活在轮回。

一再悲伤是活在轮回。

失去觉知是活在轮回。

直到有那么一刻，如蝉爬出了焦土，似蝶突破了蛹壳，像蜉蝣冲过了激流，仿佛树枝抽出了新芽，浓云中飙出了闪电……终于六牙香象截断了众流，金黄狮子吼绝了迷惑，大海潮音唤醒了幻梦，眼前的轮回才露出了曙光。

菩提本无树，你的生活并没有原点，你不必一天一天回到那个局限。

明镜亦非台，这样可以活下去，那样也可以活下去，你不必非要抱着忧悲苦恼生活下去。

本来无一物，在你的左边是无常，在你的右边是无住，没有任何事物你可以带着，也没有任何，可以拥有。

何处惹尘埃?

绕着圈子是在走向空无，向前奔行也是走向空无，你的心，又何必执著？你的爱，又何必悬念？

我们歌哭无端，我们喜怒无常，我们日夜无明，无非无非，是想在生命的幽微之际找到一丝明觉。

观照到轮回的起念、追寻与终结，一切有为法，如梦幻泡影。

如露亦如电，如箭亦如梭，如风亦如弓。

如是观，一切都平息了，轮也不转，回也无悔。

云散长空雨过，

雪消寒谷春生。

但觉身如水洗，

不知心似冰清。

我喜欢贯休禅师的短诗，在云散雪消的那一刻，一切都是明明白白了。

你三十年来都跑同一条新闻也罢，你二十年来都坐同一张银行椅子也罢，你的日子一直在转圈圈也罢，只要在某一个特别的早晨，有了察觉，你的轮回在那一刻，就跨成一道彩虹！

5

为了窥知那道彩虹，1983年我到山上闭关三年。

把人生，从头到尾思维一遍。

下山的时候，我写了三幅字挂在墙上：

"欲为众佛龙象，先做众生马牛。"

"红尘中，有独处的心；独处时，有红尘怀抱。"

"菩萨清凉月，常游毕竟空。若为众生故，浩荡赴前程。"

然后，开始我的演讲之旅，我在"菩提园佛化生活艺术中心"开讲，每月一场，连讲了七十二场。

一时轰动。因为演讲太成功了，我被选为当时的"台湾十大名嘴"之首。我当然不是名嘴，只是把山上悟道，如实说出，深入浅出地阐释佛教的思想。

1990年，"洪建全基金会"的朋友来邀请，希望我更完整地讲出一套现代人可用的佛法，以疗治当时在股市、楼市、金融波动中备受打击的台北人。

于是，在台北敦化南路的永琦百货顶楼开讲了"身心安顿"，连续六星期，一张票五十元，场场爆满，听众满溢到通道和走廊。

为了安慰向隅的听众，把演讲内容整理成书出版，《身心安顿》畅销超过想象，总共印了二百版，在畅销书金榜长达十年，有三年是冠军。

这样的氛围，引出了后来的"烦恼平息"演讲。"烦恼平息"演讲是洪建全基金会、台湾"行政院劳委会"、台北市立图书馆共同合办的，在巨大的市图演讲厅，连讲六周，被引为佳话。

演讲完后，便将《烦恼平息》出版成书，也是加印百版，在畅销榜上十年。光是印赠劳工朋友军中朋友的就有数百万册。这是因为这两部书对生命的疑惑、生活的苦闷、生存的烦恼、情爱的伤害、莫名的忧郁……确有开化舒解的奇效。

这十二场演讲，也是我在山上闭关、思想的总结，就像种成了两棵大树，终于枝叶繁茂，花果满树。

在轮回的生活中，横跨了两道彩虹。

演讲时，我有时静默无语，有时仰天大笑，有时走来走去，有时喝茶咳嗽，从来不在一个定点，被许多人讨论和学习的此一"演讲风格"是犹其余事耳。

最最重要的是思想。

安顿和平息，是世上最大的恩赐

《身心安顿》陪伴了许多不安的心灵，找到安定的新力量。

《烦恼平息》与许多忧恼的灵魂同行，重返平静的新生活。

心净则佛土净，

息心即是息灾。

维摩诘居士也曾用如是的智慧与我们分享。

后来，版权移转了，《身心安顿》、《烦恼平息》与洪建全基金会的因缘尽了，转到圆神出版社。

新版书印成时，正好遇到1999年的"九二一大地震"，整个台湾陷入巨大的忧伤，特别是灾情重大的台中、南投地区更是哀痛无边，忧伤无助弥漫在整个灾区。

我得到圆神出版社与《联合报》的赞助，印了一大卡车的《身心安顿》、《烦恼平息》。

我就坐在卡车司机的旁边，把一卡车的书送入灾区，一乡一村地站在街头，架起麦克风演讲，讲完后，将签名的书亲手递给灾民，与他们泪眼相望，相拥互相打气。

夜里，就睡在卡车上。

那是一趟一趟艰难的旅程，也是最令人难忘的巡回演讲。

一直到把整卡车的书送完，在最后一站的组合屋前，我仰望天空，双手合十，为所有受苦受难的人祈福，我的泪才止不住地流下来。

在空调舒适、音效良好的场地，对着几千人演讲，我也会感动；但是在无边黑暗的山村、遥远的天空、响亮的虫鸣的背景下，对着十几位刚死去亲人的乡亲说话，更使我感动莫名。

这广袤的大地上，这无垠的天空下，如果，有一个人得到了安顿与平息，就是世上最大的恩赐了。

回台北的路上，载我的卡车司机说，他的妻子是慈济的会员，平常在马偕医院当义工。

他感性地对我说："林老师，这一趟和你跑灾区，使我想到17世纪的传教士到台湾来，撒播美好的种子，真是太有意义了！"

一本书、一粒思想的种子，若能于人有益，我们的寻索与探觅也就不枉了。

十六年前，我初到内地，就出版了《身心安顿》、《烦恼平息》，作为给内地朋友的献礼，当时的书名是《寻找心灵的故乡》、《漫步人生的花园》。

当时的大陆，经济刚要起飞，大部分人的心思都很单纯，忧郁、痛苦、烦恼、挫折才开始萌芽。

过了十几年，年年自杀死亡的人数超过二十五万，平均一分多钟就有一个人活不下去。在日益富足的社会，为什么越来越多的人活不下去呢？与昔日贫困相比，活不下去的不是生活，而是我们的心。

我们的心在轮回里，由于不觉悟，缺乏新的观点；由于不突破，就留在困局里；由于不感性，难以穿过僵化的认知……我们一再一再地转回原点。

轮回不是死后才开始，眼前的每一个转动，都把我们带入旋涡。唯有如曲港的跳鱼，才能看见明月如霜，好风如水，清景无限。

也唯有善翔的老鹰，在热带气旋掩至时，才能踏风扬翅，观见长河落日，秋色连波，芳草有情。

我不落入生活的轮回，轮回就奈我不得！

内地的朋友希望我重新出版这两部书，对更多彷徨、迷惑、徘徊、矛盾的心灵有所舒解。

我想起这两部书的种种因缘，也想起这两部书是我思想最初的集大成者，正是寄望有情有缘的人，能在轮回的生活中，偶有彩虹当空的一瞥！

那彩虹的一瞥，既是一朝风月，也是万古长空！

林清玄

二零一一年深秋

台北双溪清淳斋

第一讲·痛苦是伟大的开始

依照佛教的观点，人活在这个世界上，只是一个过程，而不是一个结局或一个终点。所有的人都是经过一段很长时间生死的流浪，才活在现在。

这一生当中，我们可能遇到痛苦、烦恼、悲哀、无聊等很多负面的情绪，这些负面的情绪跟所有正面的情绪一样，都只是过程而已。

人生只是一连串的过程

比较可惜的是，大部分生长在现代的人都很少思考到人生只是一个过程。我们往往以为生命里有一个特别的目标，然后花很多的时间和精神、力气去追求那样的目标。我们常常在电视上看到一些很神奇的饮料或者药品的广告，譬如说，看电视时，会看到这样的画面：一个弹簧咚、咚、咚地在爬楼梯，本来爬得很快，但爬了一半便慢了下来，这时候弹簧该怎么办呢？广告就告诉我们要喝一种饮料，喝下去后这个弹簧又会继续往前爬。我们也会看到这样的广告：有一个灯泡本来很亮，唉呀！因为点了很久就要熄灭了，这个时候我们该怎么办呢？赶快再吃一个什么东西下去，这个灯泡便又亮了起来。我们还会看到，一个人很累了，他的领带都已经累得要走回家了，但是他吃了什么产品之后，立刻又变得神采奕奕，领带也很有精神了。

很奇怪，为什么弹簧爬不动了，不让它休息？这是为了要去追求某一个特殊的目标，这些目标可能是变成一个有钱的人、有权势的人，或者一个公司的主管，反正是一个特殊的目的。这种特别的目的若是站在一个较高的位置，用一种比较高的角度来看，就会发现其实是很荒谬的，因为人生根本只是一个历程。

有一天，我从信义路搭上了一辆公车往台北的东区走。到了世界贸易大厦再过去一点，即是大家熟知的黄金地段——信义计划区。一眼望去，远处有几幢大楼非常非常的大，有一幢大楼前面挂了一个十分醒目的招牌，上面写着几个很大的字，从很远的地方就看得见："抢占东区的一席之地。"听说那里的房子每一坪（约3.3平方米）都要超过六十万。我坐在车里就想：这辈子大概无法抢占东区的一席之地了。然后公车再往前开一百米，我又看到一片很大的公墓，那里的坟墓当然也很贵。当时我十分震惊，你看，"抢占东区的一席之地"的牌子如果挂在公墓前面，也是很适合的。

我们如果把所有的时间和力气都用在追求抢占东区的一席之地，有一天我们会发觉"占错边了"。你占错边了，这是很可惜也很可怜的。因为你的一生都是为了去追求某些现实的利益而活着的。假如我们把人生当做一个特定的目标，认为要不断地去取得那些对我们有利益的东西，而不要那些负面的东西，譬如说痛苦啦，悲哀啦，烦恼啦，这些都是我们不要的，可是事实上这些东西都是不能避免的，甚至于它的重要性跟我们所能得到的好东西是一样的。换句话说，一个人不断地去追求某些人生固定的目标，或许那正是生命里动乱的来源，人生这么多的动乱，就是这样来的。

痛苦对伟大之必要

　　我们这一次的系列演讲，就是希望能够打破这种分别的心，这种对人生分别的心，然后有一种很好的态度去面对负面的情绪以及正面的情绪，用一种平等的智慧，使我们的身心没有烦恼。这种没有烦恼，就是工作的时候很好，譬如，弹簧很用力地在爬，就是保持一种很好的情境；而在睡觉的时候也一样很好，譬如说，冬天时大家都觉得睡觉很好，天气这么冷，一大早就要爬起来去上班、上学，总要经过一番挣扎。可是反过来讲，睡觉既然这么好，那么就规定你整天睡觉、不准起来，真是这样的话，我想，大部分的人都会吃不消。工作其实也是不错的。

　　当我们对人生里的一切事物都有一个很好的态度，那么，为钱而努力地工作是很好的，不为钱而奉献自己的工作也是很好的。慢慢地，就可以在我们的行为语言跟意念中架构起非常统一的状态，这种统一的状态，就足以让我们面对烦恼，不会

5

动乱。

　　为什么说痛苦是伟大的开始？在几个星期前的某一天，有一个朋友跟我一起到阳明山的中国饭店去喝咖啡。当我坐下来的时候，饭店的侍者跑过来跟我说："林先生，你现在坐的位子，就是以前索尔仁尼琴坐过的位子。""哦！"我听了吓一跳，"他真的就坐在这个位子吗？"他说："对呀！他以前来台湾演讲时，就住在阳明山的中国饭店，他每天喝咖啡都会坐在这个位子。"侍者看了我一眼，说："你现在的样子也越来越像索尔仁尼琴了。"我当时就觉得很好、很荣幸，居然可以坐在索尔仁尼琴坐过的位子。

　　但是我立刻想到，现在还有谁会记得索尔仁尼琴那些痛苦的作品呢？哎呀！已经很少人记得了，也不会有人去读他的作品了。这些痛苦的作品，是索尔仁尼琴在祖国蒙受痛苦的时候写出来的，现在他在美国过着很好的生活，再也没办法回到那样的情境、那样痛苦的生活中，写出那样的作品了。

　　这个时候，我坐在那个咖啡厅——索尔仁尼琴坐过的位子，看着窗外美丽的风景，那里有一个漂亮的高尔夫练习场，然后我就想到两个人：一个是中国人，他的名字叫司马迁。司马迁写过《史记》，他的《史记》是受了宫刑之后才开始写的。一个人受了宫刑，是多么惨痛的经历，而这种经历竟然可以让他写下这么伟大的作品，如果司马迁没有受到宫刑，《史记》可能就没有这么伟大了。

另外我想到的是贝多芬。贝多芬在很年轻的时候就耳聋了，他本来是一位非常优秀且受大家期待的音乐家，但是有一天，他发现自己耳聋了。对一个音乐家来讲，这是一个非常残忍的事情。当时他常常想到自杀，因此准备了一把手枪放在抽屉中，每天都拿出来对着自己的太阳穴，比比看从哪里射击会死得比较痛快，只是一直都没有扣扳机。这时贝多芬每天都觉得很痛苦，因为人生对他来说已经没有意义了。

有一天晚上，他想："人生对我来说也没有活下去的希望了。"于是他坐下来决定自杀，但是总不能随随便便就举枪自尽。他挣扎了半天，想到应该先写遗书给爱自己的亲人、朋友，于是他开始写遗言给他亲爱的家人，没想到越写越多，这个写了那个也要写，因为这世界上爱他的人实在太多了。于是他继续写到天亮，突然，阳光从窗外照射进来，这个时候的情境，在贝多芬的传记中记载："他听到了阳光的声音。"唉呀！真的非常感人。

然后贝多芬走到门口，看着美丽的大地，这个时候他听到花开的声音，听到鸟声啾啾，听到很多耳聋的时候听不到的声音。于是，他就把手枪收起来，开始重新面对他的音乐。

他以心田聆听这些声音，转而用心田作曲。所以在他耳聋之后写过很多伟大的音乐，如《英雄交响曲》、《命运交响曲》……各位在聆听了这些伟大的音乐后，如果知道它们是出自一位失聪者之手，一定会非常感动。

当他写完伟大的《第九号交响曲》之后，有一天他上台指挥乐团演出，演奏完毕以后，观众报以热烈的掌声，但是贝多芬竟然没有听到，所以一直没有回头，直到有人告诉他，并且拉住他，把他转过来面对大家，他才看到观众在拍手。

我常常想，如果贝多芬没有耳聋，司马迁也没有受到宫刑，那么可能我们没有办法听到或读到这么伟大的作品。可见在人生的历程中有时候痛苦是必要的。我们可以这样说："痛苦是必要的，伟大是必要的，痛苦通向伟大是必要的。"

天将降大任于斯人也

　　一个人若想伟大，一定要经历过痛苦，这不是随便说说，是真实的。有一天我的小孩在家中读一套书，这套书叫做《世界伟人传记》，其中记载了很多伟人的事迹。我在旁边看了很开心，觉得这小孩有出息，这么小就懂得要读这么伟大的作品。后来他把整套书读完了，跑来跟我说："爸爸，我读了这套书后有两个很重要的心得要跟你报告。"他说："爸爸，我觉得你快要伟大了，因为根据我的统计，这个世界上的伟人有百分之八十是秃头的，你实在很有希望。"我不信地拿来一看，哇！真的，像孙中山、甘地……果然大部分都是秃头的，一下子自己觉得很欣慰，说不定我真的能够进入伟人的行列呢！

　　我问他："第二个心得呢?"他说："根据我的统计，这世界上的伟人百分之百都是经过很大的痛苦。"哎呀！实在讲得太好了，所有的伟人都经过很大的痛苦，的确，没有一个伟人是未曾经过痛苦就变成伟人的，所以伟字是"人"字边，不是"示"

字边的；不是天纵英明，而是一个人遭遇了很多的痛苦，然后在其中超越、提升，使他伟大罢了。也可以说，是他使自己的痛苦变成生命中的火花来照亮自己，以及照亮那些在黑暗中的人。

各位如果读过梵高的传记便会知道，梵高是一个非常非常痛苦的人，可是他的画作是现在全世界标价最高的艺术品；像托尔斯泰，大家也知道他是很伟大的作家，他在写《战争与和平》的时候，心灵正遭受极大的痛苦。所以，所有的伟人都要经历过很大的痛苦，"天将降大任于斯人也，必先苦其心志，劳其筋骨，饿其体肤，空乏其身……增益其所不能"。

从这些例子可以发现几个重要的问题，第一个问题是，伟大的人物都是从平凡人做起的，他们都是在遭逢到人生的考验时加以转化罢了！

我们知道，所有的伟人都是在他伟大之后，他所遭遇的痛苦才有意义。如果你的痛苦没有得到转化，那么它对你就只是痛苦而已。

第二个问题是，世界上的一般人如果受到生命的考验，时间的因缘又对，那么就可能塑造出伟大的人格。也就是说，要使一个人人格上得到伟大的增长，需要有很多很重要的时间的因缘，如果超越了考验，痛苦可能就是伟大的来源。

我举一个例子，有一年中秋节，在南部的慈济功德会有很多"委员"到花莲看证严师父。到了花莲，度过一个愉快的中秋夜之后，他们要回到南部。车子开到台东的时候，有一辆小客车撞到了他们的游览车，游览车司机立刻下车和对方理论，互相争执了半天，小客车司机赔了不是，车子又继续往前开。没想到游览车往前开了五百米，又被另一辆车子撞到，这时司机更生气，下车就要打架。正在争吵的时候，前面五百米的地方山崩了，有十几辆车都被山石冲到海底去，到现在还没找到，这时候游览车司机，抱着小客车司机说："谢谢你来撞我。"

所以说，时机、因缘非常重要，对一个人的人格增长更是重要，如果车被撞了，前面没有山崩，便白白被撞了；如果被撞，前面有山崩，那么被撞是很好的事情。

品尝失败的滋味

　　第三个问题是，完全没有失败和痛苦的人生，不见得是好的人生。举个例子：一个月前在台北有一部非常好看的电影《东方不败》，由林青霞主演。说到林青霞就想到一个笑话，有一天胡瓜访问林青霞，我儿子看得津津有味，突然转过头来对我说："爸爸，林青霞和林清玄才差一个字，为什么长相差那么多？"我便对他说："这世界上有很多很美的人是很好的，有很多有智慧的人是很好的，有很多比我们有钱的人也是很好的。"为什么？假设每天出门，看到的人都比你还丑，那你还会想出门吗？留在家里照镜子就好了。假使每天出门碰到的人都比你笨，比你没有智慧，那你又何必出门呢？幸好这世界上有太多太多比我们更美、智慧比我们更高超的人存在，才使我们有很好的心情来承受这个世界。

　　有人很喜欢和别人比较，看到别人美丽、有钱、有智慧就痛苦，那实在是一件很糟糕的事情。

从电视上，我们可以看到一些很英俊的人，像马英九，身高一米七几，又高又帅。通常身高很高、又很英俊潇洒的人都不太会读书，可是这个人却从小都读第一名，读到哈佛大学的博士，而他又很年轻就做大官；通常身高很高、很英俊、会读书又做大官的人，健康情况都不太好，可是据新闻报导说，这个人每天天未亮就起床运动，可以跑一万米，怎么那么好？实在令人很欣羡。然后，从电视上看到，他的太太又是个美人，唉呀！简直气死人，心情实在非常不平衡，怎么有条件这么好的人？很多人就因为这样而感到痛苦。事实上这种痛苦是不必要的，这世界上有许多比我们还好的人，但是这些人并不是在偶然之间就那么好，而是因为从前有很多的因聚合起来，才有了今天这么好的状况。

再回到我们的主题来，说到"东方不败"，这是金庸武侠小说中的人物。东方不败在他的一生当中，因为非常聪明、武功非常高强，所以从未遭遇过失败，正由于这样，使得他的人格整个扭曲了，以致造成他不正常、不圆满的人生，所以在一次失败中就败得非常惨痛。

在《笑傲江湖》中，另有一个人物叫做"独孤求败"，这个人也是因武功太高强了，使他常生活在痛苦之中，他每天都希望别人打败他，到处去找可能打败他的人。他的痛苦便是来自一生中都没有尝过失败的滋味。

我们从武侠小说的人物身上看到的，并不只是小说中的象征，而是人生中真实的本质。如果一个人在一生当中都没有遭遇过失败或痛苦，对于一个人的成长可能不是很好的。

我记得以前有一个朋友，她的家境非常好，从小就被严格地管教，严格到甚至不准吃外面卖的东西。有一次我们在一起聊天，聊到一半觉得口渴，便一起去喝高雄木瓜牛奶。进去以后，各自叫了一杯木瓜牛奶，她一喝吓了一跳，说："这是什么东西做的，怎么这么好喝？"我吓了更大一跳，说："这是木瓜牛奶！"她说："木瓜牛奶是怎么做的？"我说，就是木瓜加牛奶，讲了半天她仍不太相信。我不敢相信，住在台湾二十几年，还没有喝过木瓜牛奶，真是太差劲了。于是，我对她说："有很多非常好吃的东西你都没吃过，那么我带你到万华龙山寺前的夜市去吃蚵仔面线、蚵仔煎吧！"吃完以后，这女孩回去拉肚子拉了两个星期，但我吃完回去第二天，体力、精神仍非常好。原来她的肠胃已经完全没有抵抗的能力了。

所以有时想想，住在台北也是蛮好的，交通这么混乱，可以训练人的定力，说不定哪一天，你会看到新闻报道说，台北市的出租车司机都变成禅师，他们都开悟了，都很有定力了。台北的空气这么肮脏，但大家仍然过得开心，原因在哪里？因为我们习惯了承受这样的环境。如果身体、心灵都没有遭遇过这样的失败和痛苦，那你就不懂得承担，你就没有办法去突破。

生命的根本痛苦

接下来我们要讲什么是人生的痛苦。人生的痛苦若依照佛教说法，可分成八种：生、老、病、死、爱别离、怨憎会、求不得、五阴炽盛。在《身心安顿》一书中我也曾提过，今天再简单地讲述一下。

"生"是非常痛苦的。现场有很多母亲，请你们回想一下将孩子生下来的痛苦，虽然我没生过，但是我可以揣摩跟体会到。不只生是痛苦，光是等待也是非常痛苦的。

我记得我的小孩要出生的时候，我在产房外等待，当时心中就有一句可怕的骂人话冒出来："像你这么坏的人，以后生的孩子没屁眼。"所以当时我很紧张，希望不要生出没屁眼的孩子。等了很久，孩子终于生下来，护士小姐很快地将孩子抱出来给我看，表示这是我的孩子。然后就对我说："你看，他有眼睛。"啊，真的太棒了！你看，他有耳朵、有嘴巴、有鼻子，翻过来看还有屁眼。哇，真的太棒了！在这之前的那种心理煎熬是很可怕的，所以生是很痛苦的。当然小孩子从母亲的肚子里生下来也是很痛苦的。

"老"当然也是很痛苦的。第一种痛苦叫做增长并且衰弱的痛苦，人慢慢地长大，然后慢慢地衰弱；第二种痛苦叫做变迁而且灭坏的痛苦，因为岁月不断地变迁然后消失，这是非常可怕的。人每天在照镜子时不会感觉到每天都在变迁、消失，那是因为我们天天照镜子。如果你有三个月没照镜子，你就会发现你好像不认识自己了。这是非常可怕的一种经历。

今年过年时，我回到乡下的家里，找到以前我读书时使用的书桌，拉开抽屉，看到很多小时候的照片，大概是十七八岁时照的。看到这些照片，其中有些站在我身边的人我已经不认识了，连他们叫什么名字、在哪里拍的全想不起来，甚至连牵着手、搭着肩的朋友都不记得他叫什么名字了。哇！太可怕了！怎么会这样？并不是说我是一个无情的人，而是因为变化实在太大了。再想想我穿的衣服，已经没有一件仍然存在的，而且已不复记忆了。我的样子也完全改变，以前我只有四十八公斤，现在已经快要七十八公斤了。哎呀！怎么差那么多？因为变迁、衰弱而灭坏的缘故。

正在看那些照片看得入神的当儿，我的母亲从楼下冲上来，说："你在做什么？"我说："我在看以前的照片。"母亲说："那也看得那么入迷? 我叫你下来吃饭，叫了好几声你都没应。"然后她就走到我面前，把我的照片顺一顺，像在整理扑克牌一样，说："看这个有什么用? 快下来吃饭吧!"哎呀! 对呀! 看这些照片有什么用，它只是证实了我们的衰老、变迁、灭坏而已，那是非常可怕的。

其次就是"病苦"。病苦可分为两种：一种叫做身病，身体的病，它又可分为"四大不调"和"疾病交攻"；而另一种叫心病，心病也可以分为两种：第一种叫做"心怀苦恼"，第二种叫做"忧切悲哀"，心里头苦恼然后忧切悲哀。

接下来是"死苦"。大家都知道，死是非常痛苦的，一个人到了三十岁、四十岁慢慢地都会遭受家人的死亡，那种死亡给我们带来很大的撞击跟痛苦。小的时候，在成长的经历里面，对于死亡不太有体验，到了三四十岁就会体验到死的痛苦。

三界无安，犹如火宅

我在很小的时候，大概是小学六年级和初中时，台湾电视公司曾有轰动一时的布袋戏——《云州大儒侠》。每天中午我们都用冲刺速度奔回家去看布袋戏。这出布袋戏中有一个坏人——藏镜人。每次他一出场，都穿得一身黑，戴黑色的帽子、蒙着黑色的面罩，而且他出来的时候，一定以一阵非常可怖的笑声作开场白："哇——哈！哈！哈！……"笑完以后，他会讲一句话："一步一步踏入死亡的界线。"哇！我以前在听到这句话时便从椅子上摔下来，哎呀！这是多么可怕啊！人生前面的四种大的苦恼：生、老、病、死，就是一步一步在走向死亡的道路，这种痛苦是非常巨大的。

接下来的第五种痛苦是"爱别离"。凡是相爱的人一定会有别离。人生的经验就是不断的生离死别，这就叫做爱别离。

第六种痛苦叫做"怨憎会"。就是说，凡是讨厌的人都坐在你身边，凡是讨厌的人都来跟你相会。这也就是电视剧不断重复的剧情：心爱的人都不在我们身边，讨厌的人却都在我们身边。

第七种痛苦是"求不得"。心所爱乐，求之不得，喜欢的东西往往得不到。

第八种痛苦是"五阴炽盛"，即"烦恼炽盛"。烦恼炽盛有两种特质，第一种是烦恼像火一样地燃烧着我们。"烦恼"两字中"烦"字的左边是一个"火"，右边是一个"页"，写在心里的书页被火烧了；"恼"字也是心被火烧了，烦恼的特质带给我们的痛苦是燃烧。第二种特质是这样的燃烧一刻都不会停止。火苗在燃烧、跳跃的时候是一秒钟都不会停止的，非常可怕！如果你想知道自己的烦恼是在燃烧，而且一刻都不会停止，那你只要闭起眼睛十分钟，就会看见你的烦恼一刻也不会停止。

这八种生命中所经验的痛苦，我们把它归结起来并用一段佛经中的话阐释，这段话记载在《法华经》中："三界无安，犹如火宅，众苦充满，甚可怖畏，常有生老病死忧患，如是等火，炽然不熄。"翻成白话即是：我们生活里的三界是色界、欲界、无色界，都好像被火燃烧的房子，有很多的痛苦充满在其中，非常可怕，因为常常有生老病死等种种忧患的火烧着我们，一刻也不停止。

这种无与伦比的痛苦我们可将其分为两部分：

一是因果带来的痛苦，也就是报应。在《灌顶经》中讲到：众生由于做五种坏的事情所遭受的报应，叫做五痛苦，这五种痛苦第一个就是"生病"，生病是由于杀生而起的；一个人如果杀了很多的动物，一定很容易生病。

第二个是"牢狱之灾，王法之难"，这就是由盗而起，由以前偷人家的东西、偷人家的感情或爱所受到的报应。

第三个是"厄难的痛苦"，就是困难没有办法度过，这种痛苦是由淫邪所造成的，淫邪就是非时而淫、非人而淫、非地而淫，这样的因果便会造成我们人生中很多的苦难。

第四个是"散乱的痛苦"，人的心思一直不能集中，那散乱是由于不好的言语所带来的痛苦、报应。

第五个是"愚痴的痛苦"，它是由喝酒所引起的，所以有很多人问我，为何佛教徒要戒酒？酒是素的啊！我说，酒虽然是素的，但是喝了酒以后会做出很多荤的事情，而且大部分荤的事情都是喝酒以后做出来的，所以很可怕，会使我们愚痴。

除了因果的痛苦，有的痛苦是由感受而起的，感受在《阿含经》中讲到"有受即有苦"，有感受就有痛苦，没有感受就没有痛苦。这种感受中的痛苦分成三种：一是"苦受"——一般人感受到的痛苦有生、老、病、死、爱恨、别离等等。二是"乐受"，快乐的感受怎么会痛苦呢？快乐失去的时候就会痛苦，我们怎么知道自己有痛苦？那是因为快乐已经败坏而失去了。我年轻的时候常参加朋友的舞会，参加舞会是一件非常开心的事情，但当大家跳舞跳到曲终人散时，我都坐在那里想：曲终人散的时候实在是一种痛苦，若是不开舞会，就不会承受这样的痛苦。这种感受的痛苦叫做坏苦——快乐慢慢地败坏所感受到的痛苦。

三是"舍受"，也叫行受。舍是放弃，也就是变迁的痛苦。我们的环境不断地变迁，一下子快乐，一下子痛苦；有时有钱，有时没钱；一下子谈恋爱，一下子失恋。这个世界上所有的事物都在不断地变迁，而且有一天会败坏，这种感受基本上就是一种痛苦。

不久之前，有一个朋友脸色发青地跑来找我说，他非常痛苦，因为很倒霉。他说："有一天逛百货公司的时候忽然拉肚子，于是立刻冲进洗手间，坐下来时，马桶却裂成三块。"他因此很烦恼。我对他说："一个马桶在烧成的时候，就注定有一天会裂开。"这就是变迁的痛苦。

现在大家看到，在这个桌子上插了一盆很漂亮的花，这盆花在开放的时候，就已经注定了它的凋谢，这就是变迁；没有一朵花可以维持永久的美丽，这就会带来人生的痛苦，亦即"行苦"。这种感受的痛苦因人而异，也就是每一个人因感受而承受不同的痛苦。

因果的痛苦是很难去突破、改变的，这也就是从前的因果业缘所带来的痛苦；其次是我们所能改变的痛苦，就是感受的痛苦。譬如，家中的小孩子是一种非常有趣的动物，像我的儿子可以看一部卡通看一百次，而且每次看到同一个地方就哈哈大笑，每次都笑到倒在地上，从不曾改变。奇怪？我们看时怎么不会有这样的感受？因为小孩的心里有非常深厚的喜乐感受，与我们是不同的。

这世界上有很多人以苦为乐，譬如，冬天时早上五点多起来晨泳，我看了非常敬佩。那样不是很痛苦吗？但是人家以苦为乐，每天去游泳。我有一些朋友很喜欢爬山，每天都去爬，爬得满身大汗回来却很开心。若是拉一个不喜欢爬山的人去，他一定很痛苦。

以前我有一个邻居，冬天的时候很喜欢嚼冰块，嚼得身边的人都听到，我听了就起鸡皮疙瘩，但是他乐在其中。所以人对于感受的快乐和痛苦是不同的，苦乐是相对存在而不是绝对的。

今天我们所讲的，就是怎么样从这些必然之苦——疾病、牢狱、厄难、散乱和愚痴之中，通过不同的感受和观点，使它变成相对之苦，变成可以改变的、可以提升的、可以超越的痛苦。

不断走向圆满人格

接下来，我们来谈谈什么叫做"伟大"。孙中山先生很伟大，经过十次革命才成功。可是，我们这里可不可能有第二个孙中山先生呢？不会了！所以我们可以知道"伟大"有两个定义：第一个定义是，一个人创建过平常人不能达到的丰功伟绩，我们说这样的人是伟大的，但是这样的人必须有很多的因缘聚合。孙中山先生的时代，因为有清朝政府，所以他会不断去革命，现在已经没有清朝政府了，因此，我们已经没有这样的时空因缘去创建这样的事功。

第二种伟大的定义是，一个人不断地拥有更高超的心灵世界，不断地走向圆满的人格，这样的人也是伟大的。

我们今天所要讲的"伟大"的定义主要是第二种，就是人格者。释迦牟尼佛曾在经典中提到，一个人战胜敌人一千次还不如战胜自己一次，这就表示一个人若能战胜自己一次，就走向伟大的提升，就是伟大的人了。

有丰功伟业的伟人须有很多因素，但是要做一个人格者，一个有伟大人格的人，是任何时代、任何环境、任何地点都可以诞生的，只要一个人愿意走向圆满、走向更高超的道路，就有可能。这在我们身旁就经常可以看到。记得有一次我去听一场演唱会，看到孙越叔叔在台上大声疾呼要大家戒烟，交男女朋友时要使用安全套。那时我心中突然想到，他以前演坏人时，是坏到人人想拿一把刀干掉他，但现在他却如此付出他的心血来帮助、提升这个社会。我觉得这样的人就是在走向伟大的道路。

花莲慈济功德会的证严法师，率领两百万的会员，从事历史上空前的慈济、医疗、文化、教育的庞大志业，这些人不需要生在特别的时代、特别的环境，而是从他站立的位置做起，不断地提升他的人格罢了！我们也可以看到佛教中所有的祖师，他们也都不在创造丰功伟绩上奔波，而是致力于人格不断地提升，使我们景仰，他们对这世界的贡献，就是人格的感召。所以，我们如果要成为伟大的人，便是要选择第二条路，使自己的人格不断地走向圆满。

痛苦跟伟大是不是有必然的关系？在释迦牟尼佛刚出来弘扬教法的时候，曾说过世上有四种通向真理的方法，叫做"四圣谛"：苦、集、灭、道。它的意思是人生是痛苦的，人生的痛苦是来自欲望、烦恼、无明的聚集，只有消灭欲望、无明，才可使我们慢慢提升，走向真理。

因此知苦、断集、慕灭、修道的真义告诉我们：知道痛苦之后便须把烦恼断掉，去向往无忧无虑的生活，才是走向真理的唯一道路。

从这四个真理中，最重要的是知道人生是痛苦的，因为痛苦是通向真理最基本的东西。如果没有经验过生命的痛苦，就不会知道生命的欢乐；倘若一个人不知道生命的痛苦，那他就不懂得珍惜。

信——凡存在的必有价值

只有转化和清净，才是走向真理之道。如何使痛苦走向伟大？我将它分为四个次第，称之为：信、解、行、证。

第一个是"信"。信就是相信生命本来是痛苦的，生命的痛苦来自生命本身是不圆满的。其次是来自环境的不圆满，如果你把自己的生命弄得非常的圆满，还是会遭遇到痛苦的，因为环境不能圆满。此外，我们要确信，凡是存在这个世间的事物都有它的价值，包括痛苦跟烦恼。

举个例子来说，从前有一个孩子，有一天读到一个故事：牛顿坐在苹果树下，因被苹果打到而发现了地心引力，使他非常感动。但是，其实苹果原本和地心引力是没什么关系的。他想，为什么牛顿坐在树下就可以发现，而我不能呢？不如我也去坐坐看吧！他也想要去思考、发现伟大的道理。首先他想到的是苹果树这么高、这么大，为什么结的苹果却这么小？相反的，西瓜这样大却长在小小的藤上，而且又长在地上，这其中一定是有很重要的道理。当他边走边想的时候，忽然一个苹果掉下来打在他头上，哎哟！好痛喔！这时他顿悟了，好在掉下来的不是西瓜。他顿悟到一个非常重要的道理：西瓜那么大长在地上是很好的，因为长在树上太危险了；而苹果那么小长在树上也是有道理的，万物都有它的存在价值和意义。快乐的存在有快乐的价值，痛苦的存在也有痛苦的意义，这一点是我们要确信的。

解——痛苦是非实的、无常的

第二个是"解"。解开痛苦的死结，理解痛苦是不真实的，痛苦是不断变化的，痛苦是无常的，痛苦并没有一定的状态，是由于我们的感觉而存在的。记得在"身心安顿"系列的演讲里，我讲过一个检验痛苦非实的办法，譬如，你现在很痛苦，被人诈骗或是失业了，你现在处于人生最大痛苦的状态，我教你一个检验的方法：早上一起床便坐在床沿发誓："今天要像现在一样痛苦，维持二十四小时。"那么你会发现自己做不到：一开始刷牙、洗脸时就忘记了，然后吃饭、赶公车也都可以中断你的痛苦，一个人不能维持痛苦固定的品质二十四小时，因为痛苦是没有实体的，所以我们可以感受到痛苦是非实的、无常的，它是波动的，它没有实体，因而并不可怕。

痛苦只是一个历程，不是结局，它是随时空改变的。有一次我去逛百货公司，正要上楼的时候，远远有一个女孩在跟我打招呼，她面带微笑一直走过来，当时我站在那边一直想不起对方是谁，为何一直和我打招呼？我真的完全忘记了，认不出来。等她走到我前面三步远的时候，我才发现她是以前曾经抛弃我、践踏我的感情的女朋友。哦，是那个使我在两个星期中头发全部掉光的人，对于这种深刻的痛苦，合理的状态应该是十米之外就会看见她的面孔，为何到三步前才认出来？太可怕了！

然后我说一声"嗨！你好。"她就走过去了。当时我呆在那里，只有这样啊！一点都没有愤恨。原来是那个时空的历程已经过去，再也回不去了，自然也恨不起来。所以，痛苦事实上只是一个历程，并不是一个人生的结局，我们之所以没有办法承受痛苦，往往就是因为把痛苦当成人生的结局。

在人生中，每一步都是不同的，每一个历程都是非常重要、非常尊贵的，包括痛苦在内。

我曾读到一个故事：有一个年轻人在二十几岁时便饿死了，到阎王殿去报到时，阎罗王看了他的生死簿："咦！这么年轻的人竟然饿死了，怎么这么惨，难道他这一生中都没有福报吗？"查证后却发现，原来他这一生中应该有一千两黄金的福报，奇怪他怎么又会饿死呢？会不会是财神爷贪污？于是把财神爷叫来问话。财神爷说："有一千两啊！因为这个人生下来就很有文才，所以我把一千两黄金交给文曲星了。"阎罗王

31

又叫来文曲星，文曲星说："他虽然有文才，可是他每天都动来动去，不肯好好做事。我就想，他也许比较适合走武的路线，于是一千两黄金又交给武曲星了。"但武曲星说："他很懒惰，所以我把一千两黄金交给土地公了。"而土地公说："我把黄金埋在他家门口走出来第一步的地方，如果他走出来，愿意锄一下，马上就可发现黄金，可是他二十年来从未拿过一次锄头，结果福报没有得到，白白饿死了!"这个故事给了我们一个很好的启发，每一步向前都有一千两黄金的价值，只要肯踏出一步就有黄金，即使你现在身陷痛苦，说不定那痛苦就价值一千两黄金呀!

人生的每一刻都是非常重要且值得去体验的，包括生命的痛苦，这叫做"解"，不仅要理解，而且要把结解开。

行——以实践转化身心

第三个是"行"。行就是实践，怎样用简单的方法实践，使我们的痛苦得到转化。在观世音菩萨《普门品》中说，菩萨应具有五种基本的观法，叫做菩萨五观：

真观，清净观，广大智慧观，悲观和慈观，常愿常瞻仰。

"真观"就是对事物要有一个真实的观照并且去实践它，对事物真实的观照使我们不会动乱、不会忧恼。譬如说，我现在看到一朵百合花真是漂亮，这是一个真实的观照；接下来我想起上星期那个无缘的人送我的花更美，想到心中就难过；于是又想，这一辈子还会不会有人送这么美的百合花给我？这时候，实践里面就又加了很多复杂的东西，这就不再是真实的观照了。真实的观照就是拨开表面的现象，直接进入事物的实相。

第二个观照是"清净观"，清净观是常常用干净的心灵和眼睛来看世界。要知道，我之所以活在世界上，感受到痛苦，就是我的身心不够清净的缘故，如果我的身心得到完全的清净，痛苦也就没有了，所以说"心净则国土净"。

第三个是"广大智慧观"，对这世界要有一个广大的、有智慧的观点。有一年我到日本去，买了一幅画，这幅画的名字叫做《宫本武藏观斗鸡》。画上面是宫本武藏拿着武士刀坐在院子看斗鸡相斗，画得很传神，我看了很喜欢，但最喜欢的是题在上面的一句话："在更高的地方，有一对眼睛，看着我们。"在更高的地方有一对眼睛看着宫本武藏，就好像宫本武藏在看斗鸡一样。这叫广大智慧观，用更超越的眼睛来看待自己所处的环境时，我们的心就会得到提升，所遭遇的便不会那么痛苦。

第四个就是"悲观和慈观"，合起来就是慈悲的观照。要常常想到所有生活在这世界上的人也常常处在这样的痛苦之中，那么我一定要努力地解脱这种痛苦，贡献给这世界的众生。如果我能够超越，就证明所有的众生都能超越；如果在这世界上曾经有众生这样子超越，那么我也就可以超越，因此就叫做"常愿常瞻仰"。

"常愿常瞻仰"，常常去瞻仰那些曾经超越过痛苦的人，看他们怎么做，然后去学习他们。通过这种不断地观照，不断地超越，使我们不断地去实践，常常在痛苦里面找到新的观点。

证——体验更深刻的生命

第四个方法是"证"，证就是体验，它可以分为三个层次。

第一个叫做"深化"，就是深入去体验每一个痛苦的意义。我们常讲"现在很痛苦、很烦恼"，可是若要人们形容痛苦，大部分的人讲的痛苦都是事件，而不是心灵的感受，为什么？比如，我被骗去一千万元，那被骗去一千万元的痛苦是什么？一千万不会痛苦，只有你的心才会去体验这种心灵的痛苦。

有一次我到诚品书店去，看到架上摆了很多我的书，可见我的书很畅销，心中便扬扬得意。然后，我走到卖文具的地方，发现其中卖得最便宜的笔记本定价两百七十五元，哎呀！看得吓了一跳，因为我的书卖得最贵、定价最高的也不过一百七十元。为什么这些笔记本这么薄却卖得这么贵？其中最贵的笔记本一本要八千多元。

当时我简直不敢相信，我的书写得那么好只值一百多元，而一本空白的笔记本竟要八千多元。哎呀！看了心中就很难过。于是就问售货小姐笔记本为何卖得这么贵，她对我说："林先生，你的书里面都已写满了文字，别人要写在哪里？当然空白的比较贵啊！"她举了一个例子："如果一个人用一本空白的笔记本写了一年，有一天坐公车时突然掉了，他回家一定会哭；若这个人买了一本你的书在公车上看，下车的时候忘了带，他不会哭，下次再去买一本就好了。"

这个讲法真的很好，所以对于人生的体验是非常重要的，如果你能体验一句话，这句话就是你的，比你看一本书还要有用。对于人生的体验就是通过不断的观照，深化我们的痛苦而诞生的。当我们快乐时，我们要知道自己快乐什么，可以快乐到什么样的状态，什么样细腻的情绪叫做快乐；当我们在痛苦的时候也是一样的，不妨看看痛苦可以使一个人心酸到什么程度。"伍子胥过昭关，一夜白头"，哎呀！可能吗？如果你遭遇那样的痛苦，也是会白头的，我就曾经在一夜之间掉光了头发。所以要去体验人生中的每一个痛苦，去记录、表达、展现它的意义，这时候才能抓住痛苦的价值，希望下次不要再沦陷进这样的痛苦中。

我觉得小孩有时比我们更聪明、更了不起。我在家时都会花一点时间陪小孩打电动玩具。电动玩具打到最后要救公主之前总会跑出一个魔王，这个魔王打都打不倒，而它一挥手便把你打碎了，但是小孩只要打过一次魔王，便不再害怕，可以轻而易举地过关，由此可知，他可以在痛苦中学习经验。如果没有在痛苦中得到新的体验，你就会不断地被魔王打破头，非常可怕的。

第二个层次是"转化"，就是革除内在的负面情绪。"转"这个字很好，左边是一个"车"字边，右边是专心的"专"，专心地开车。比如说我现在要驾车上建国北路，时速定在九十公里，一直向前冲，不停止也不转弯，那么很快就会撞死，因为这是不行的。你要注意：前面如果是红灯便要停下来，前车紧急刹车也要赶紧跟着刹车，突然有人冲出来更要赶快踩刹车，这就是转。常常去转化并且革除我们内在的负面情绪。内在的负面情绪简单地说有五种——贪、嗔、痴、慢、疑，我们要不断地使它处在好的状态，去体验那种得到转化的、好的状态。当你有贪心升起而后熄灭，你要体验没有贪心的感受，那是一种很好的经验，当你有这样的体验，你就会对转化有信心，并且证明它是有效果的。

坚持一个绝对的品质

"净化"就是以绝对的心去看人生相对的价值，坚持一个绝对的品质来面对这个波动相对的人生。人生的观点是没有一定的，只有我心中的感受才是一定的、可以去把握的。

举一个例子：有一个弟子去请求一个有智慧的师父，要跟随在师父身边，然后每天追着师父问一个重要的问题："师父，什么是人生真正的价值？"一天大概要问三四次，师父被问得烦透了。

有一天，师父从房间拿出一块石头，说："你带着这块石头去市场把它卖掉，但不要真的卖掉，只要让人出价就好了，看看菜市场的人会出多少钱买这块石头。"弟子就带着石头到市场，有的人说这块石头很大、很美，可以给小孩玩，所以就出价两块钱；又有人说这可以作为秤锤，就出十块钱，大家七嘴八舌，最高的价格出到十元。弟子很开心，认为这个没有用的石头可以卖这么多钱，回来便跟师父说："这块石头可以卖到十元，真想要把它卖掉。"师父说："先不要卖，再把它拿到黄金市场去卖卖看，但也不要真的卖掉它。"

弟子便将石头拿到黄金市场去，一开始便有人出价一千元，第二个人出一万元，最后这块石头被出价十万元。他又回来向师父报告情况。师父就对他说："把石头带去最贵、最有价值的珠宝商场去估价。"弟子又去了，第一个人开价就是十万元，但他不卖，于是二十万、三十万，一直加到后来对方便生气了，要弟子出价；弟子说他也很想卖，但师父不让卖，他必须带回去，于是又把石头带回去，对师父说："这块石头在珠宝市场人家出到一千万。"师父便说："是呀！我现在不能教你人生的价值，原因便是你一直菜市场的眼光看待人生。人生的价值应该是一个人心中先有了最好的珠宝商的眼光，才可以看到人生的价值。所以你先出去，等你将内心调整到珠宝商的眼光那样的层次时，再来找我吧！如此才能找到人生真正的价值。"这故事非常好，是修行者的故事，可以使我们知道真实人生的价值不在于外面的评价，而在自己给自己的定价。也就是说，通过不断的训练，使我们的人生提高到很高、很好的水平。

那么经过"信——相信人生是痛苦的"、"解——理解并试着去解开人生的痛苦"、"行——去实践体验人生的痛苦并转化它"，最后去"证明痛苦是对人生有意义、有价值的"，然后我们就可以准备好伟大的起步，开始迈向伟大之路。

打断手骨颠倒勇

我们要知道，我们处在这个世界所遭遇的一切痛苦都是因果所造成，这个因果不是那种很可怕的因果报应，而是有原因才有结果。这世上没有一个偶然存在的事物，包括一切的烦恼和痛苦。譬如说我面前这些花，它不会偶然开放，必须要有土地、有根、有种子，到最后才会开放，所以因果非常地明显。

有一个讲因果的故事非常好：有一个人走到路边，看到一棵很高的椰子树，上面结满了椰子，那时他非常口渴，立刻爬到椰子树上去摘，并在路旁享用起来。这时，有一个很凶的人跑来骂他："为什么偷吃我的椰子？"他说："这椰子是你的吗？"对方说："当然是我的。"他又说："那请你证明为什么椰子是你的？"主人说："三年前，我曾经拿了一个椰子种在地下，三年后，树长高了，结了很多椰子，这棵树当然是我的。"偷椰子的人便说："奇怪了，你的椰子是种在地下，我的是在空中摘的，怎么会是你的？"

我们都知道这是强辩，因为没有一个椰子会突然结在空中。人生也是一样的，没有一个痛苦会突然降临在我们身上，一定是有原因的，这原因可能是这辈子可以分析理解的，可能是这辈子不能分析理解的；可能在几千年、几万年前，在某个不同的时空中你种下一个在土地里的因，在今天结出一个看起来结在空中的椰子。但不管什么样的椰子，它都是有种子的。我们今天所遭受的痛苦，就是从前曾经在某个时空所种下的一粒种子结成的。所以，不要抱怨这世界不公平，好人常遭受痛苦，你要知道，你的痛苦是有原因的，但也不要害怕，台湾有一句俚语说："打断手骨颠倒勇！"（颠倒即"反而"之意。）

这句话并不表示你的手会更好，而是因为你曾经断过一只手，以后遭遇比断手更严重的事就不会那么害怕，最严重的都已遭遇了，还有什么可怕的呢？

走向伟大的道路

当我们在痛苦中一步一步向前走，是在走向伟大的道路呀！在场的很多人都很年轻，请问各位：有没有人尚未体验人生的痛苦？觉得人生中没有痛苦的，请举手。太好了，都没有人举手，恭喜各位已一步一步迈向伟大的道路。

所以大家要感恩，经过这样的痛苦还活在这里，而且还在这么好的场地，有人办这么好的演讲而使我跟各位见面，这个会面是很不简单的，可能在很久很久以前，我们有过这样的约定，直到现在因缘成熟了而碰面。把时空的距离拉开，对宇宙、对人生有一个广大的观点，痛苦算什么呢？不要害怕痛苦，让我们携手前进，一起走向伟大的道路。

第二讲·无聊是解脱的起步

我曾经看过一部电影叫做《阮玲玉》，相信很多朋友都看过，是张曼玉小姐主演的。这部电影到最后女主角自杀了。我看到这个电影结尾的时候，感触非常深，并且想到一个非常重要的问题，那就是在全世界，女明星大概是各种类型的人中最容易自杀的了。最近台湾有两个女明星在一个月内相继自杀，还好她们自杀的时候都很幸运，最后都获救了。

为什么女明星比其他的人更容易选择自杀这一条路呢？

我想到，一个明星在舞台上是多彩多姿的，但在现实中也无法避免和我们平常人一样过平凡的生活，所以舞台生活和他的现实生活就会产生很大的裂缝，裂缝会使人产生不安、动乱，会使人挣扎、矛盾，在性格上不断地冲突，最后就容易选择自杀。

生活与性灵的裂缝

　　当然，生活与性灵的裂缝一般人也有，可是一般人不太容易选择自杀，因为一般人的裂缝比较小。那么，这种挣扎和冲突是从哪里来的？就是由于我们的意识和我们的性灵不能统一，这种不能统一，往往使人走到某一个阶段以后，感觉到人生没有意义，生命不值得追求。

　　一个人到了四十岁，如果从来没有思考过人生有没有意义，以及生命值不值得追求的问题，那么这个人可能不是一个有智慧的人。

　　一个舞台上的人物碰到这种裂缝的时候，大概可以有两个选择：第一个就是走向极端，像是自杀；第二个是回来过彻底平凡的生活。

　　各位可能不知道出家人是怎么运动的。在高雄地区有一位很了不起的出家人叫圣雄法师，他在辅仁大学毕业后到韩国留学，得到博士学位。他在学生时代就养成运动的习惯，很喜欢打网球。

各位也都知道，还有一位明光法师，他是圣雄法师的徒弟，他们俩常一起打网球。他们是怎么样打网球的呢？当他们穿着短裤、休闲服打网球时，信徒都觉得很意外。

圣雄法师说，有一次，他去打网球后回到自己主持的寺院，在外面碰到一群从远方慕名而来的信徒，他们问他："圣雄法师在不在？"他回答："好像在，我进去叫他，你们等一下。"说完他就进去把运动服换下，穿上袈裟走出来。那些信徒看了吓一跳，说："喔！两个人长得好像，刚刚那个人是谁？"他答道："那是我的双胞胎弟弟。"

所以，一个出家人要去打网球时，还是需要回到人世间平凡的基本生活中，譬如，穿短裤打网球，也许会方便得多。

这就让我们想到一个根本的问题：一个人如果无法在舞台及现实人生之间，或者和他的性灵之间减少裂缝，回到一个统一的状态，那么，他就可能会陷入一种无聊的情境，产生冲突、挣扎，不能解脱。

所以，一个人是不是可以回到平凡的生活，决定了他是否能面对生命无聊的困境。

但是，我们今天所要讲的无聊并不是普通的无聊，不是听听音乐、唱唱歌、散散步便可以解决的那种生命里短暂的空虚，而是深入生命内里的无聊。

被低估的生活价值

　　"无聊"在字典里的解释是"不乐"。无就是"不"，聊就是"乐"，无聊就是闷闷不乐。为什么会闷闷不乐呢？我们再深一层地思考生命的价值，就会发现，无聊正是来自于生命价值没有着落，身心状况不能统一所产生的虚妄之感。这种虚妄之感，会使我们的意识与性灵产生空隙，这种空隙便会使我们的性灵失落，而这种失落往往会使我们忘记，生命最好的价值就在我们身边。

　　大部分的人一生都在追求那些被高估的价值，譬如名利、权位、美貌……以致低估了生活中所展现的价值，例如，喝一杯茶，什么都不做，只是安静地看自己的心，认识自己内在生命的发展。由于这种价值的错估，使那些拥有名利、权位与美貌的人感到无聊。我相信在座的各位如果有经过农业社会成长到现在的经验，就会发现农业社会中很少有无聊的人，因为大家为了三餐的温饱、为了柴米油盐酱醋茶，都已经非常忙碌了，哪有时间来无聊。

因此，一个人如果想要不无聊，首先就是要回到生活的根本处，来肯定我们生活的每一个层次、每一个部分都是非常有价值的。当我们可以回到这样的价值的时候，就会发现这个社会上并没有存在天纵英明的、伟大盖世的、神化了的人。回到人的生活，事实上每一个人都是非常平凡的，再伟大的人都可能跟我们一样，感到生命的无聊、痛苦和不安……

如果一个人不能认识到这一点——认识到人站在人的基础上是非常平凡而渺小的，那么他就没有办法停止生命的不安和骚动，生命的裂缝产生了，挣扎和矛盾也就产生了。所以，无聊的第一个原因就是来自身心的裂缝，解决的方法就是回来认识一个人平常的价值。

看见内在的那个"我"

　　第二个无聊的原因来自欲望大于我们的身心。我们常常在坐下来的时候感觉到无聊，为什么无聊呢？因为坐不住，总想去做点什么。"做点什么"并不是我们身体真的很想去做，有时候我们明明很累了，仍然想要去做点什么，因为在我们的内在世界，有一个欲望大过我们的身体，这个欲望逼迫我们去做一些其实在生命中并没有价值、没有意义的事物。

　　刚才我们谈到人是很渺小的，不只与外在世界相比很渺小，就是与内在相比，人的身体和人的心灵比起来也是很渺小的。我们可以从几个角度来看，譬如，有时我走在旷野中，抬头仰望天上的星星，就会看到："哎呀！在宇宙之中，人其实是很渺小的！"这种渺小，使我有一种苍茫之感。人的渺小使一个人每天在宇宙之间，不论多么努力想要填满自己，一餐也只能吃一顿饭，如果吃两顿可能就会撑死。我们的身体一天只能穿一套衣服，如果一天把十套衣服穿在身上走出去，大家都会觉得你有毛病。但是我们为什么会不断地去追求衣服呢？我们为什么会不断地去追逐美食呢？我们吃很好的食物，一桌五万元的酒席得到的满足，根据科学家的研究，只有从舌头到喉咙一共十五厘米长的满足；如果吞到肚子里，五万块的酒席和五块钱的馒头都是一样的，可是人往往为了这十五厘米的满足，一辈子在卖命，然后躺下来。

当你躺下来时，你会发觉自己很渺小，三尺宽、六尺长，一个人不可能睡很大的地方。但是为什么我们住在三十坪的房子内，老是觉得不够用呢？因为我们的欲望很大，大过三十坪，大过五十坪，如果你住一百坪的房子，你也会觉得不够用。因为欲望是无限的，跟我们渺小的身体比较起来，我们的欲望是太大了。当我们安静下来的时候会觉得无聊，总想再去满足什么、追逐什么、企图什么，那就是很大的欲望在推动、逼迫我们的身体。

要怎么样才可以看到我们的欲望，看见那一位在内在推动我们的人呢？各位日后如果感到无聊时，便把眼睛、耳朵、嘴巴关上，停掉你的五官，回来观照你的内在，你会发现有一个自我是不受控制的，"他"不断地产生念头、思想，不断地在拉扯或推动我们做某些事情。那位内在的自我有很多的想法、很多的烦恼、很多的追求，"他"会一直从我们的内在跑出来。

所以，要使我们免于无聊的第二个重要方法，便是去学习看见那个很大的欲望。如果我们不去看那个很大的欲望，它就会一直指挥我们；如果我们去看着它、研究它、发展它，那么我们就不会害怕那个欲望推动我们。欲望就好像一条蛇一样，每个人内在里都有一条毒蛇，常常伸出头来。抓过毒蛇的人就会知道，只要抓在蛇的脖子七寸的地方，你就不会怕蛇了。因此我们要抓住我们的欲望，看看那条隐藏在我们内在的、非常不安、有毒性的、使我们无聊的欲望之蛇，一旦我们可以捉住它，就可以使我们的自我、欲望、身体处在一种和谐的状态，就可以得到安心。

脱下欲望的衬衫

从前有一个人，他很有钱，但是他非常的不安，非常的不快乐，经常感到无聊。

有一天，他去请教一个智者："伟大的智者，请你告诉我，如何才能得到真正的快乐？虽然我非常的富有，但常常不安、无聊、感到生活很不快乐。我觉得这是一种病，请告诉我，要如何治这种病呢？"

有智慧的人就对他说："你现在从这里出发，去寻找这世界上最快乐的人，然后向他借一件衬衫来穿，穿了最快乐的人的衬衫，你便会快乐起来。这就是治疗'富有而不乐症'的秘方。"

于是这个有钱人就开始去寻找，他每次碰到人就问："你快乐吗？"他碰到的人大部分跟他一样是不快乐的，只有很少的时候，才碰到一些人会告诉他："我很快乐。"然后他便问第二个问题："你是不是这世界上最快乐的人？"那个人便说：

"可能不是吧！应该还有比我更快乐的人。"

于是，他又继续追寻。在他追寻的过程中，他历经漫长的岁月，走过很多的国家，问过很多的人，都没有找到世上最快乐的人。

最后他到达一个地方，是一座森林，住在树林旁的人家都告诉他："树林中就住了一个世上最快乐的人。"他便很快地跑进去，终于看到那个被称为世上最快乐的人坐在树林中，那位追寻快乐的有钱人便问最快乐的人："你就是人人都说的世界上最快乐的人吗？"

坐在树林中的人便说："是的，有什么指教？"

他听了便很着急地说："哎呀！你能不能把你的衬衫借给我？听说穿了你的衬衫，我就可以得到快乐，我的无聊的病就可以治好。求求你赶快把你的衬衫借给我吧！"

那个最快乐的人突然大笑起来，说："你看看我，我根本就没有穿衬衫呀！"

他一看才知道，原来这个人是赤身裸体地坐在树林中的。哎呀！那个富有而不快乐的人终于领会到快乐的秘方了，于是他丢下了一切的财富，甚至脱下衬衫，快乐地住在树林里。

传说从此以后，树林中便住着两个最快乐的人。

这个故事是苏菲修行者的故事，托尔斯泰在作品中也曾引用过，它的主要意旨在于，快乐不是向外去追寻得到的，只要一个人知足，放下生命中的渴求和欲望，才是得到快乐的唯一秘方。所以，面对由欲望带来的无聊之感，最简单的方法就是知足。

可惜世上的人不论有什么条件都不会知足的。有一天我从家里要出门，走到大楼门口，看到马路边停着一辆白色奔驰500的车子，非常漂亮。每次我看到漂亮的车子便会走过去看看车子是谁开的，走过去一看，吓了一跳，因为车子里面坐着一位很年轻的、大约二十来岁的、非常美貌的少女，她正坐在驾驶座上痛哭，哭了很久。我在旁边看，不禁想到：如果我有一辆奔驰500的跑车，而我现在只有二十岁，并拥有那样的美貌，我想我不会哭，我高兴都来不及了。但是这个女子为什么哭呢？可见外在的条件、欲望的追求，对于安心并不是必要的条件，只是相对的条件。

生命的无聊与不安并不在于我们拥有什么，而是在于我们可以放下什么。因此，第三个解决生命无聊的方法便是知足。

失落的生命空间

　　生命中第三个无聊的原因来自于我们的习气。习气就是我们意识中非常深的习惯，这种意识里很深的习惯使一个人不能做主。例如，吸毒的人，时间一到，毒瘾一发作，便一定要去吸毒，不管怎么阻挡都没有用，不管需要做多少坏事他仍然要吸毒；但是大部分吸毒的人都忘记了，吸毒的人其实是没有主体性的，主体是毒，而不是人。我们可以说，吸毒的人不是吸毒，而是被毒品所吸。抽烟的人也一样，每天抽烟的人，如果有一天没抽就会很难过，一定要去抽，所以一个有烟瘾的人其实不是抽烟，而是被烟抽。

　　想抽烟而不能做主时，烟就变成主体，人就变成客体。那些在生命中可以使我们失去主体的东西就叫做习气，我们常被习气做主而不自知。

　　有很多佛教徒把习气讲成是前世的业障，但是前世的业障是不可知的，我们没有办法知道前世有什么业障。很多人因为把一切都推给前世，生活就会变得很难过，连上厕所拉肚子，都会抱怨是前辈子做了什么业障，今天才会拉肚子。哎呀！这不是前世做了坏事，而是中午可能吃坏肚子了，不一定是上辈子，可能是从现在开始累积的。

怎么样来看清楚我们的习气呢？我们的习气又是哪里来的？其实我们只须探讨这辈子，不必去追溯到前辈子。我们都知道，小孩子的习气比较少，所以小孩子比较不会无聊。但现在的小孩子也不一样了，现代的孩子已经会无聊了。我有一次遇到一个小孩子才三岁多，看他闷闷不乐地坐在那边，就问他："今天怎么搞的？"他说："我心情不好，你少惹我。"我吓了一跳，才三岁的小孩会有什么心情？我们以前长到十三岁还不知道什么是心情哩！现在三岁的小孩就会心情不好，当然也会无聊了。

我们在小孩的身上可以看到，当一个小孩还未被习气侵染的时候，他是不会无聊的。我们都经历过这样的童年：小时候可以看一只蝴蝶飞来飞去看一整个下午；小时候可以看一道彩虹，从它的升起看到它的结束；小时候我们可以坐在河边一坐就是一整天，看着河水流过去。

当然，在我们的小孩身上，我们也可以看到这样的特质。我的小孩很喜欢看卡通，同一部卡通他至少可以看上一百遍，真的是百看不厌，而且每次看到同样的那段情节，他一定笑得倒在地上。哎呀！这令我非常的羡慕。你看！这个小孩身上一点习气也没有，所以不管他看见什么，他的脸上都充满着光辉，他可以看妈妈看一整天，看爸爸看一整天，看一棵树看一整天。

但是这孩子慢慢长大，有一天会背着书包去上学；这个书包很大，里面装满了课本：自然、社会、数学……大部分都是一些比实际生活无聊的课本。上学还好，回到家他还要做很多其他的事，有很多父母给孩子安排上才艺班，周一学舞蹈，周二学音乐，周三学跆拳道……这个小孩子天天学很多的东西，永不停止。

学什么样的东西呢？学一些大人认为有价值的东西。如果现在看到一个小孩在窗前看一整个下午的蝴蝶，他的父母可能会走上去敲他的头，说："看这个没有用处的东西做什么？赶快去读书、赶快去弹钢琴。"慢慢地我们的习气就被养成了，我们就会去分辨什么是有价值的，比如说，数学考了一百分是有价值的，蝴蝶飞过去是没有价值的；得到老师的称赞是有价值的，一朵云飞过去是没有价值的。我们的意识慢慢地就会分成两边，我们会为那些有价值的东西去花费我们的精神，这个时候无聊就产生了，生活变得非常可怕。我们甚至为了写功课晚上不敢睡觉；明天要月考，晚上不敢睡觉，为什么呢？睡觉有什么用？考试才有用，考试可以考多一点分数才会得到称赞，这时候，我们慢慢地就被一些习气填满。

在一个小孩子成长的过程中，我们很少唤醒他内心的渴望，我们都是尽量地去填塞、去填满。有一次我去参加一个教育座谈会，有很多专家都发表了很多的高见，最后轮到我了，我只有两句话："好的小孩教不坏，坏的小孩教不好。"我倒不是反对教育，而是反对现在这种填塞的教育，反对这种培养小孩习气的教育。当我们大一点，读到中学、大学、进入社会时，就会产生很大的疑问，这个疑问就是："那些大人认为有价值的东西并不能解决生命的困境，并不能解决我们的不安。"数学考一百分并不能解决我们的不安，读到第一流的大学也不能解决我们生命的困境。这个时候我们就会觉得生命的本身是很无聊的，甚至会发现，数学考了一百分还不如蝴蝶飞过窗口对人生的价值大。

回到一个自发的"我"

　　一个人要从习气解脱，有一个解决的方法，就是回到小孩子一样的身心，回到一个自发的我，培养内在的渴望。为什么所有的宗教都说，如果我们要上天堂或极乐世界，心地必须像小孩子一样，心如赤子？因为赤子的心是非常自发的，没有模式的，是清净柔软的；它对这世界的一切投射，都充满兴趣。倘若我们的心常保持这样圆满的状态，喝一杯茶也是充满的，爱一个人也是充满的，做任何事都是充满的时候，无聊就没有空隙。

　　当我们回归到像一个小孩子的时候，身心就会处在非常柔软的状态，这个时候就不太容易受到社会的伤害，也不会因为这个社会的伤害而失去自我。我们可以看到一些例子，两年前，在彰化有一个小孩子从四百米高的山上摔下来，而且在田里躺了三天两夜，被发现以后送到医院，一个小时救活以后就没事了。我看了非常震撼，一个小孩从四百米高的山上摔下来竟然没有死！另外一次，我看《台视新闻世界报导》，有一个小孩受他妈妈虐待，从五楼被推下来，竟然没有受伤，真是了不起！小孩怎么有这种特殊的能力呢？因为他们的身心非常的柔软，他们没有一个固定的模式，所以不会受伤害。可是等我们长到二十岁、长到三十岁，可能从二楼摔下来就受重伤了，长到五十岁、六十岁，爬楼梯跌倒就受伤了，及至长到八十岁，可能跌一跤就死了！为什么呢？因为我们的身心都僵化了，失去了小孩子时期的柔软。

生命根本的无聊，是来自自性中的习气，来自永远不能满足的欲望，来自意识与心灵的裂痕和空隙。这样看来无聊好像都是坏的，那么为什么我又说无聊是解脱的起步呢？其实无聊并不全是坏的，它也有一些可贵的特质。

灵性高的动物才会无聊

　　第一个可贵的特质是：只有灵性很高的动物才会感觉无聊。譬如，一只猫或狗特别聪明的话，我们可以从它眼神中看出它正觉得无聊，这表示它灵性很高。灵性低的动物感受不到生命的无聊，因为它们根本就不会无聊。各位不妨回去观察一下你家的蚊子，它们会无聊吗？不会的，它忙得不得了，忙着找血吃。你看你们家的蟑螂会不会无聊，或是到野外去时，看看蜜蜂会不会无聊、蝴蝶会不会无聊。只要是灵性比较低的动物，都不会感觉无聊，由于它们不会感觉无聊，所以它们的生命也不会创造和改变。如果它们能感受到无聊，便会想办法去做一些不会无聊的事，生命也就得到了发展。

　　人是所有的动物中最容易感觉无聊的动物。哇！这一点真是了不起，这表示我们的灵性很高；如果有人从小到大都还没有感觉无聊，那就很可怕，那表示他灵性一定不太高。

　　我们内心深处之所以感觉到生命是无聊的，是表示我们希望有一个更高的灵性的追寻，表示我们的生命渴望得到改变、得到超越，只有灵性更提升，我们的生命才会感觉到心安。"无聊"是一个动力，当你感觉到做这个也不是，做那个也不是，或是不知道该怎么办时，你就开始陷入无聊的状态，这种无聊的状态可以产生两种动力，一种是使一个人堕落，另外一种是使一个人提升。当我们感觉无聊的时候，应该感到很快乐，因为那表示我们的灵性很高。

无聊的人是有福报的

　　第二个无聊可贵的特质是：一个能够无聊的人除了显示他的灵性很高，更表示他的福报和生活也是不错的。只有一个物质生活大部分得到满足的人，才会发现生命里根本的无聊。一个人如果三餐不继，他很难感受到生命是无聊的，或者说，物质生活没有办法得到基本安定的人，是没有余力感觉到无聊的。

　　我经常到市场去和小贩聊天，有一次我碰到一个包饺子的小贩，我问他一天包多少个饺子，他说一天包一万多个。我又问他一天的生活怎么过？他说："早上三点多就要起来做饺子馅，做到天亮，一到市场就要开始包，一直包到晚上回家。"我问："晚上回家做些什么？"他说："回家睡觉啦！"他说，东西一丢，躺下去马上就睡着了！第二天也是三点多便爬起来开始做饺子馅。日复一日，年复一年，几年下来都是这样生活，他根本忙到没有时间和力气来无聊。当时，我心里很同情他，如果他一天只包一千个饺子，他就会有时间感觉无聊，生命就会得到发展和改变，那就很好呀！我们现在常常会感觉到无聊，正表示我们的生活基本上是不错的，有福报的人才会感觉无聊，这是无聊的第二个可贵。

伟大的觉悟与发明都来自无聊

第三个无聊的可贵在于：历史上伟大的觉悟和发明都是来自于无聊。我们都知道，释迦牟尼佛是佛教的教主，他是如何修行而创出佛教的呢？他是一个太子，从小在宫中的生活就非常的优裕，什么都有。他的父亲净饭王怕他会无聊，便建了很多的宫殿，春夏秋冬各有一座宫殿，每个宫殿的温度都不一样；长大以后给他娶了三个太太，除了太太以外，还有很多的嫔妃。为什么要给他这么多的享受？为了避免他感觉无聊。但是在经典中记载，有一天晚上，唱歌跳舞到很晚的时候，这些宫女、嫔妃都累了，就睡在宫殿里面，但是释迦牟尼佛睡不着，便在宫殿中散步，他看到这些嫔妃睡觉的样子，打鼾呀！口水流到地上呀！有的睡着以后脸变得很难看、头发散乱，他看着那种样子便觉得非常无聊。不久以后，他便逃离宫殿，到外面去修行。佛教的创始就是奠基于一个王子觉得生命无聊，如果他觉得生命都很好了，就没有佛教了。哎呀！这真是一个很棒的教化！

不过这个例子太远了，我们讲一个近一点的。相信各位都知道弘一大师，弘一大师年轻的时候是一位才子，诗、画、书、音乐，什么都很好，大家都觉得他是一个了不起、有才气的人。他到日本去留学，娶了两个太太，家里又很富有。但是，有一天他感觉生命无聊、情感无聊、一切都很无聊，就出家了。出家以后，他住在寺庙里，他的第二个太太是日本人，为了使他回心转意，在寺庙外面哭泣，哭了半天，弘一大师都不为所动，这个日本太太便绕着寺庙三圈，啼哭而去。我看了这段传记，心里很感慨，如果是我听到姨太太的哭声，很可能赶快开门了。哎呀！我们就没有弘一那样的境界，因为我们还没有彻底感觉到生命的无聊，没有办法彻底地生起觉悟。

这是觉悟者感受到生命无聊的情景，我们再来看一个发明家的例子：历史上最伟大的发明家，大家都知道是爱迪生。爱迪生小的时候被认为是低能儿，因为他常常问一些老师和父母觉得无聊的问题。譬如："为什么青草烧不起来，干草却烧得起来？"老师觉得这是无聊的问题，不肯回答，于是他就自己做实验，点火把房子烧起来了。他会问老师："苹果为什么是红色而不是黑色的？"老师便把他送回家，不愿意再教他。回家后他也不安分，他问妈妈："为什么母鸡趴在鸡蛋上便会有

66

小鸡了?"母亲不能回答他。他找不到答案，便自己去孵鸡蛋、做实验。爱迪生的一生都在问一些无聊的问题，但是他却发明了很多到现在我们还觉得很伟大的发明：电影，是他发明的；电灯，是他发明的；录音机，是他发明的。

这给我们一个很重要的结论：无聊如果得到发展、得到解决、得到转变，实在是很好的。如果你在生命中常常生起无聊的情绪、无聊的感觉，不知道何去何从，这个时候你应该高兴，因为它至少证明：第一、你是有灵性的人；第二、你是有福报的人；第三、你是有可能觉悟、发明、开发创造力的人。

解开惑、业、苦三条绳子

　　我们再来看看什么叫"解脱"。解脱在佛教中是说，解除捆绑我们的绳子。捆绑我们的绳子有三条，叫做惑、业、苦，也就是疑惑、业障、痛苦。解开这三条绳子而达到清净空性的境界，达到涅槃，叫做解脱。这种清净的空性常有人讲得很神秘、非常的奇特、非常的奥妙，使我们没有办法了解什么叫做真正的空性。

　　"空性"就是自由，空是很自由的。我现在抓住一个空，放开它又不见了，这个空是非常自由的，它并不会受任何东西控制、左右的。在《楞严经》中，释迦牟尼佛曾对他的徒弟讲过一个比喻：现在有一个空的瓶子，我们拿一个塞子把它塞住，瓶子中的空是甲地的空；我们再把甲地的空瓶子移到乙地来，这时候，瓶内甲地的空和瓶外乙地的空是不同的空，因为甲地的空是那边移过来的。但是，如果把盖子打开，甲地的空便立刻散开，乙地的空就进入瓶中，甲地的空和乙地的空事实上都是一样的空，它们是没有分别的。

人为什么会被惑、业、苦三条绳子所捆绑呢？这三条绳子就好像用一个盖子把我们的空性盖住了一样，所以我们的空性是不自由的；虽然我们的内在也有空性，但是我们从甲地走到乙地，却不能处在一种解脱的状态，那是由于我们的盖子没有被打开。所谓的解脱就是打开盖住我们的盖子，使我们自由；这种自由常常会使我们陷入一种思考，那是西方人的思考。西方人关于自由的概念是：人人生而平等，人人都有基本的人权，人人都有免于恐惧的自由、免于匮乏的自由。然而东方人的自由、禅宗的自由不是这样的，禅宗和佛教所说的自由，即是一种解脱，禅宗的自由就是"一切由自，即是自由"。一切由我自己做主，身心得到彻底的解脱。

从无聊走向自由解脱的方法是什么？有没有一种非常简单的方法，可以让我们从无聊走向解脱？上个单元我们说过从痛苦走向伟大有四个方法：信、解、行、证；今天我们也用四个方法来解决无聊的问题：起、承、转、合。

各位在小的时候都学过作文，起、承、转、合是写作文的一个根本技巧。今天我们不讲作文，我将它解释为："起——是超越"，"承——是承担"，"转——是转化"，"合——是融入"。

起——超越，走向圆满

什么叫做超越呢？所谓超越就是不对生命生起一种固定的执著，而是要有一个超越的态度。

前天有一部空中警察的直升机在天上飞，监察台北市的交通时，突然摔到师范大学的操场上，还好两个驾驶员都没事。为什么直升机要在天空监视台北的交通状况呢？交通状况应该在地面上看得比较清楚才是；其实不然，一定要在天空才看得清楚，飞到空中的时候才可以看到哪里塞车，哪里有车祸，怎么走才可以使道路通畅，这个时候车子就可以转到哪个地方去。

一个人的超越也好像驾一部直升机，飞在混乱的城市上空，对一切的困境、阻塞、事故看得非常的清楚。那么，要怎么样来学习超越呢？

第一个就是学习那些智慧超越者的观点。历史上曾经诞生许多伟大的、有智慧的人，这些人都有许多了不起的观点，我们要去学习那些超越的观点。

其中，最重要的两个超越的观点，其一就是：相信除了我们居住的空间之外，另外还有空间。有很多人会问："要如何证明呢？要如何证明有天堂？有极乐世界？有地狱？有恶魔？有天神？有阿修罗呢？"其实不需要去证明，因为比我们有智慧的人都这样告诉我们，我相信他们，因为他比我有智慧，所以他讲的我相信。当你一开始相信在我们住的范围外面还有一个更大的空间的时候，我们的空间便得到超越，得到扩展。

其二即是：相信人死了以后还有世界，也就是时间是无限的。也会有人问："你怎样证明有轮回？证明时间是无限的？"这也不需要证明，因为历史上许多伟大的人都告诉了我们时间是无限的，死后还有世界；不管是什么宗教的教主都告诉我们这个观念。

由于我相信这些有智慧的人，所以相信他们告诉我的两个观点：一个是空间是广大的，第二个是时间是无限的。当我们开展了这个重要的、超越的观点时，时空变大、执著就小了。

第二个是学习超越自己有一个更圆满的观点，常常反省自己的智慧有没有比昨天更好，得到开展，认识自己不安的原因和无聊的来处，去超越它。

要认识那个无聊的来处非常简单，只要闭起眼睛十分钟，就会发现在你之外还有另一个你。我们要怎么确定这个是"我"呢？我每天在照镜子的时候几乎没有办法确定，为什么呢？因为这个我和十岁时的我差距实在太大了，可是我仍相信这个是我，那是因为在我的变化之中有另外一个我，是有不变的体验、不变的存在，它是没有变化的，所以我才可以确信这个和十岁时大不相同的人是我。但是在我们的生活中，它常常是自然发展的。现在我们把向外的所有的门关起来，来捉住那个内在的我，这种抓住在佛法中叫"摄"，摄念就是把这个念头抓住，去观看那个内在的自我。现在非常流行打禅七、打佛七，或是做礼拜、做法会等很多的活动，但做这些的目的是什么呢？是为了要发现我们的内在还有一个更真实的、更深的自我。当我们发现这个自我的时候，我们的观念就会开展，并且得到自由。

佛教密宗有一个祖师叫帝洛巴，他曾经对他的徒弟那洛巴说："众生为何会堕入轮回呢？这不是因为世界上真的有一个轮回在那儿，众生之所以堕入轮回，是因为众生相信有一个轮回在那儿。"我们都会担心，死了以后会去地狱或是极乐世界，但如何能真的证明有一个极乐世界或地狱呢？那是因为我们相信了，因此才真的有那些东西。如果我们舍弃了，才是真的自由。

所以佛在《金刚经》中说道："法尚应舍，何况非法。"意谓最好的法都要丢掉，何况是不好的法呢。那么要怎样发现最好的法？怎样丢弃过去的执著？那就是要超越，就是要知道这个月和上个月有什么不同，每一年都可以知道这一年和上一年在心性上有什么成长，这样才可以使一个人不断走向圆满，并得到自由。当然，超越并不是立即可见的，不是那么明显，但如果一个人有超越的态度，则五年、十年，慢慢地，超越就会清晰起来，很容易见到了。这就是超越，也就是"起"。

承——承担美好的价值

什么又是承担呢？第一，要承担你眼前所遭遇到的一切。所有现在的果都是因为从前有那样的因，它都有必然性，而不是偶然发生的。第二，承担是要活在眼前，活在当下。要看脚下，认清楚这一刻就是最重要、最有价值、最有意义的一刻，没有这一刻就没有下一刻，没有今生就没有来生，当我们回到这一刻时，这一刻就变得非常重要了。

曾经有一个这样的故事：有一个人非常喜爱金币，他从很年轻的时候就开始收集、累积金币，直到有一天他存了三万个金币，他想要好好地享受一年，不要再累积、追求金币了。正当他这样想时，有一个老人突然来找他，这位老人就是死神，死神对他说："你的生命已到尽头了，我是来带你走的。"这个人非常吃惊，好不容易累积了三万个金币，居然现在就要走了，于是他要求死神再给他三天时间，并愿意分给死神一万个金币，死神不答应；他以为死神嫌太少，于是要求只要给他两天的时间，就分给死神两万个金币，死神仍然不答应；他又要求死神给他一天，就分给死神三万个金币，死神还是不答应。最后，他哭着要求死神，只要给他三分钟，写几句话给后代的人，他便给死神三万个金币。死神看他那么可怜，终于答应给他三分钟，他便在纸上写了一句话："世人啊！请好好珍惜人生的时光吧！因为三万个金币也买不回一个小时。"

这个故事给我们的启示是，当下的这个时间是非常重要、非常有意义的。我小的时候曾有这样的经验，给了我很大的启示：当时我家有一个很大的院子，种有很多树，我父亲规定小孩子要轮流扫地。扫院子是很累的，每天天还没亮，在上学之前便得开始扫，扫完院子才可以去上学，每个小孩都很不情愿地扫地。

有一天，父亲看见我们扫地那么痛苦，便教我们一个方法，以后要扫地之前，先把树摇一摇，把明天要落下的叶子先摇下来，这样一来两天扫一次就可以了。

第二天，我们就开始实践，扫地之前先用力地摇树，结果发现摇树比扫地还累；最后摇好树，终于把明天的叶子也扫干净了，坐在院子旁的藤椅上，心中很有成就地想着："好棒！连明天的叶子也扫好了。"正在得意的时候，一阵风吹来，又把树叶吹下来了。大家便很讶异怎么还有叶子，于是几个兄弟便聚在一起商讨解决的方法，最后得到了一个结论："可能是摇得不够用力，明天再使劲摇一摇看看。"第二天一早便起来摇，拼命地摇树，结果把好几棵树都摇死了。

不管我们怎么用力摇今天的树，明天的叶子都不会预先落下来啊！这给我们一个非常好的生命启示：一个人活在今天，只要把今天的地扫干净就好了，把自己的心扫干净，把自己的地扫干净，因为明天有明天的心，明天的落叶。

台湾有一句话非常的好，叫做："呷饭皇帝大。"我非常喜欢这句话，它常让我想到这样的画面：当我还是孩子的时候，每当稻子收割，一天要吃五餐饭，到了早上九点钟时便要吃第二餐，这时候就会有人挑着饭和点心从田埂走过来，远远地便叫道："来哦！来呷饭哦！呷饭皇帝大。"大家立刻抛下手边的工作，蹲下来吃饭。虽然只是粗茶淡饭，但是吃的时候每个人都非常专心，让人看了非常感动，吃得非常有滋味，显得非常好吃。现在很少有人能吃饭吃得很有滋味，因为大部分的人都活在过去和未来中，你眼前有一碗饭，但你很难将时间停在这一刻，把你的心凝注，专心慢慢来吃；这是非常重要的，但常常被忽略了。

我从小就保持这样的习惯，很专心地吃饭，吃得津津有味。刚结婚的时候，因为太太是台北人，她每次看到我吃饭时，就会很好奇地问我："你家以前是不是很穷，不然为什么吃成这样？非常的用心，非常的有滋味。"这不是穷跟富的问题，而是活得专注的问题，真正地去珍惜每个此刻。喝茶的时候，喝得非常有滋味；谈恋爱的时候，谈得非常有滋味；失恋的时候，失恋得非常有滋味……这就是活在现在。为什么要活在现在呢？因为过去和未来是不可寄托的。

我常常对我的太太、我的孩子、我的家人、我的朋友说："我已经死掉一半了。"大家听了都吓一跳，认为我怎么这么悲观。我说不是悲观，因为我已经四十岁了，如果一个人平均可以活八十岁，我不是已经死了一半吗？剩下来的时间便很紧急，必须好好地利用，应该使每一刻展现美好的价值。

这是非常重要的，不论做什么事，都把全副精神投入其中，活在现在，这就是承担。当我们有这样的承担，生命就不会无聊。因为所有的无聊都是来自过去的习气和经验，来自于对未来的渴求和希望，如果我们活在现在，就可以停止追寻，那么过去和未来就不会使我们担心了。

转——逍遥任运过生活

"转"就是转化，在佛教中叫做"任运"。要怎么转呢？一个人要通过修行使他的心口意统一，就是行为、语言、意念得到转化而呈现和谐清净的境界。

首先是行为的转化，相信大家都有这样的经验：无聊的时候散散步，无聊的时候听听音乐，无聊的时候去买买漂亮的衣服，就不会那么无聊了。通过这种行为来转化我们的心，当这种转化得到效用时，内心就不会觉得无聊了，所以转化无聊时，第一个方法就是从行为开始。

第二个方法是从语言上来转化。如何从语言上来转化呢？就是讲好的语言而不讲坏的语言。佛教中有五戒：杀、盗、淫、妄、酒，第四戒叫做"妄语戒"，妄语戒更积极的意义就是讲好的话、清净的话。为什么要讲好的话呢？根据佛经的说法，当一个人讲一句坏的语言时，天上的佛、菩萨、鬼神听起来就像是响雷一样。

我们可以假设一个人走路不小心踢到石头，说："唉！怎么那么衰，我是世界上最倒霉的人了！"这时天上可能有八万、八十万、八百万的鬼神说："嘿！大家快来看，这是世上最衰的人。"那就很可怕了，就会由于语言陷入了坏的情境中，而我们的心就跟着下沉了。

语言是非常有效用的，举一个例子来讲：小的时候我家住在乡下，乡下的茅厕离家都很远，大约有一百米。我们家有很多的兄弟姐妹，所以上厕所就变成很艰难的事，因为只有一个茅坑。特别是冬天的时候，跑一百米到茅坑，敲门，砰、砰、砰，哎呀！有人！只好跑回客厅去等。过一会儿再跑去，砰、砰、砰，还是有人，哇！心里真着急，于是我常常想，有没有什么好的方法来解决上大号的问题？终于让我想到一个方法，就是当大家在吃饭的时候去上厕所。

吃饭时我们坐很大的桌子，母亲给每人添半碗饭，吃不饱的吃番薯，饭添好了以后要等父亲说"开动"才准吃。我便把碗拿起来，吐一口痰搅拌一下，如果不吐痰，回来时饭准会被吃光，然后赶快去上厕所。当我站起来对大家宣布："我要去放屎"或是"我要去放尿"时，大家一听便吃不下去了。于是妈妈就规定以后在吃饭的时候不能讲这两个字，太脏了，不卫生，吃饭时要大便，要说"跳舞"，小便说"唱歌"。这招真的很有效，以后在吃饭时说："嘿！我要去跳舞！"大家都不受影响，照吃不误。你看，"大便"和"跳舞"其实要表达的意思都一样，可是听起来的感觉却完全不一样，这就是语言的力量。

有一个笑话说，从前有一个妈妈因为觉得大便、小便很难听，于是教小孩都改说成跳舞、唱歌，以致小孩在成长过程中都不知道大便、小便是什么意思，只知道跳舞、唱歌。有一天，孩子的阿公从南部上来，晚上与小孩睡在一起，到了半夜时，他对阿公说："阿公，我想要去外面唱歌。"阿公说："这么晚了，不要去外面唱，会吵到别人，在我的耳朵内唱就好了。"结果小孩就在阿公的耳朵里唱下去了。

这就是语言的力量，当我们陷入无聊的状况、痛苦的状况时，要记住"永远保持一个好的语言的品质"，不要像电视上演的男女朋友分手时，男的骂女的是贱女人，听了很难过、很刺耳，这就是坏的语言的品质。你应该感谢她给你一个机会，教育你成长。

要常常有这种感恩的心，踢到石头不要抱怨，先想想这是幸福的事，因为世上还有很多人不能走路，而我居然可以走路踢到石头，并且踢到石头还会痛，真是太好了。因为这世间已经有很多人不会痛了，已经失去对生命的感觉了，我们踢到石

80

头还会痛，还有觉醒的态度，应该感恩。常常有这样感恩的态度，便能提升我们语言的好品质。

第三个方法就是意念的转化。身体和行为的转化都是比较表面的，真正内在的转化叫做意念的转化。意念的转化就是负面情绪的转化。当我们产生负面情绪的时候，就用美好的、正面的、清净的态度来转化，用清净的意念或清净的眼睛来看世界。

意念是非常重要的，意念的提升或堕落可以决定我们生命的走向。举个例子来讲：几个月以前我去台中演讲，演讲之前就有一个多年不见的朋友跑来和我握手，说："哎呀！林清玄，十几年不见了，你都没有变。"我们一般人听到这句话都会觉得很开心，但是有智慧的、常常保持觉悟的人就不会，因此我就退后一步，说："怎么可能呢？十几年不见了，没有大变，也有小变啊？怎么可能没变呢？"朋友不好意思地说："是啊！是啊！头发都快掉光了，记得你年轻的时候还蛮帅的。"他又说，"我可以介绍你一种治疗秃头的秘方。"我说："好，等我演讲完了再去。"会场散去之后，他便带我去他家，介绍我治疗秃头的药方，这个秘方很简单，就是每天早上喝一杯自己的尿，他还送我一套书，叫《奇迹的尿疗法》，共有三册，听说现在中南部非常的流行。

于是我便带着这套书坐火车回台北，在火车上就看这套书。书上说：并不是早上的第一泡尿都是好的，只有中间那一段才最好，前面和后面都不要，所以接三分之一就好了。哦，要接这杯尿还真不简单！接下来说，喝了这杯尿，如果有秃头或什么毛病都能治好，甚至艾滋病、癌症都能治好。此外，日本的好多医生、医学博士都出来作证，后面还附了很多食谱，教你如何喝自己的尿。例如：早上喝咖啡的时候，倒一杯尿下去煮，或是将这杯尿冰起来，晚上煮萝卜汤，大家共享等等。

但是这套书共同强调一个重要的观点：首先你必须对自己的尿有一种清净的观点，要对你的尿有绝对的信心。这两点是非常了不起的，也就是说，你在喝尿的时候，要把心境提升到比尿还高。譬如说，我眼前这杯是早上第一泡尿，现在要喝时便要把心境提高，慢慢地喝下去，咦！气味还真是不错，这个时候因为你的心提到一个很高的境界，大部分的病都可以治好，这真是一个很好的观点。

这就是清净的观点，把你的心提到一个很高的位置，不管碰到什么，在你的意念里面都有一个好的、清净的观点，那么大部分人生的无聊都可以治好。

譬如说，当我们生起贪爱的时候，就必须生起清净的观念，因为我有了贪爱，别人就会有所缺失，这时你就要有清净的观点来对治你的贪心；当我们生气的时候，就必须有一个清净的观点，要培养我们的爱心；当我们继续生气，就表示我们的爱不够深刻、广大；当我们愚痴的时候，要常常想到有智慧的人是如何看待我们现在所陷入的状况；当我们傲慢的时候，要想到人是非常渺小的，人生是非常有限的，要有一个谦卑的态度；当我们怀疑的时候，要坚定自己的心。所以当贪、嗔、痴、慢、疑五毒来的时候，我们要有一个清净的心来看，如此就可以得到解脱了，一旦我们对一切事情都保持清净的观点，自然无聊的本身也是好的，也是清净的。

合——和谐庄严的生活

"合"就是融入，就是对这个世界不生起对立的心。要认识到整个世界和我是同体的，世界和我是非常有关系的。

释迦牟尼佛曾在佛经中讲到："一切男子是我父，一切女人是我母，我生生从之受生。"也就是说，所有的男男女女都可能曾经是我的父母，要有这样同体的观念，因为从无始劫以来这么长久的时空，我是经过无数次的投胎才活到现在，不知道有几亿个、几千万个父母，当我们生起同体心的时候，就可以跟这个世界处在一个好的、融入的关系中了。

这是一个非常重要的观点，因为在《华严经》中记载着"一念遍满三千大千世界"、"每一毛孔中有无量诸佛"、"每一毛孔中遍满无量劫"。但是一般人都不太能了解，怎么样来了解每一毛孔中遍满无量劫、无数世界呢？

有一次我听一位老人谈话，他从小腿上拔起一根脚（汗）毛，放在盘子里叫我们去看，并说："这根脚毛要二十岁以上的人才能长得出来，所以要长出一根脚毛，最少要二十年的时间。至于我这根脚毛啊，已经有七十年了。"听得我肃然起敬，然后他对我说："这根脚毛不是独立存在的，为什么？因为要活着的人才会有脚毛。它不仅是从我们身体上长出，也和我们的父母有关系；因为如果父母没有生我，就不会有这根脚毛。"

他又说："不只是这一世的父母，而是自盘古开天以来有很多很多的父母，从一个男的碰到一个女的，两个人结婚，生了小孩，然后这个小孩又碰到异性，两个又结婚，又生了小孩。这样一直生、一直生，生到我都没有断过，才会有这一根脚毛。其中如果有一代的父亲或母亲抱独身主义，就没有这根脚毛了；或者说他们虽然结婚了，却没有生小孩，也就没有我了。"这一听之下，差一点就要对那根脚毛敬礼了，从盘古开天以来，所有的父母都和我们身上的脚毛有关系。

这不只是时间上，也是空间上的，一根脚毛不会独立存在，是活着的人才会有的。一个人要吃很多的五谷杂粮才会活着，而五谷杂粮生长在地球，所以这根脚毛又和地球有关系，而且所有的五谷杂粮都要经过太阳的照射才能成长，所以这脚毛又和太阳有关系。哇！讲到后来，大家都巴不得收藏这根脚毛呢，好像比古董还有价值。

一根脚毛就是遍满无量劫，就是遍满三千大千世界的，跟这个世界有非常复杂的关系。不仅是拔一根脚毛或是一根头发，只要你站在这里，你就和这世界有关系，因此要跟这个宇宙保持在一个和谐的状态，这种和谐的状态就是不要失去我们的心。在寺院的时候，心也在寺庙；在市场的时候，心也在市场；在家的时候，心也在家里。随时带着你的心，用好的、清净的、有情的眼睛来看这个世界，融入这个世界。

永远带着自己的心

有一次我在寺院看到几个很有钱的太太，这些有钱的太太在寺院中洗碗，我觉得很意外，因为她们在家中是不洗碗的，为什么跑到外面来洗碗，我就问她们："为什么跑到这里来洗碗？"她们说："在这里洗碗，功德比较大。"

这使我非常地吃惊，难道在家里洗碗没有功德吗？功德是在你洗碗时的心，而不是你在哪里洗碗；如果你在家里洗碗有心，那就有功德了，在寺院里洗碗有心，那里也就有功德了。

所以要常常带着我们的心，和这个世界处在和谐的状态，也就是处在自然的状态、自由的状态，不跟这个世界抗争或对立。当我们不跟痛苦对立的时候，痛苦就是伟大的开始；当我们不跟无聊对立的时候，无聊就是解脱的起步。所以不要和这个世界对立。

有一个公案很好，日本的道元禅师二十四岁时坐船从日本到中国来学禅，经过几年的时间他终于彻悟了。他从中国坐船回日本，他以前的徒弟听到风声，都跑到码头迎接他。道元禅师一下船，徒弟就问："师父啊，听说你在中国已经彻悟了，请问你到底悟到什么呢？"道元禅师说："我现在终于知道为什么眼睛是横着长，而鼻子是直着长的了。"听完以后很多人都快昏倒在码头边了，这么简单的道理何必要跑到中国去学习呢。

但这绝对不是简单的事，各位可以照照镜子，想想这个问题，如果想通了，就开悟了，因为只有这样才是自然的状态；是自然，使我们眼是横的、鼻是直的。

跟这个世界处在一个和谐的关系，使自己不要变成这个世界负面的因素。反过来说，使世界所有的事情进入我们的心也不会变成我们负面的因素。当我们可以超越、可以承担、可以转化、可以融入的时候，那我们就和世界处在非常好的关系，和谐的、无为的，没有追寻、企图、波动的生活，这时就是解脱的第一步。

听了这个演讲，我想请问各位一个问题：有没有人活到现在都没有感受到生命无聊的？请举手。啊！太好了，一个也没有！那先恭喜你们了，因为你已经开始进入解脱的第一步，当你可以感觉到生命无聊的时候，那么你就会去追寻一个新的境界，去超越、提升，使我们走到一个更好的境界上，这个时候，就是迈入解脱的第一步！

第三讲·烦恼是智慧的源头

今天，我从家里来市立图书馆的路上，一直在想，在我的朋友当中，他们曾遭遇到什么样的烦恼，并且从里面生起了智慧呢？有没有这样的人可以做我们的典范呢？

我想到几位朋友，第一位是住在台东的李佳玲，她是一个非常特殊的人物，也就是在"烦恼里面生起智慧"的一个非常好的例子。几年前，她因婚姻失败，感到事事皆不如意，觉得活下去也没有什么意思。这个时候，她正好看到两个作家写的书，一个是赵淑敏，另外一个叫做杏林子，看完之后，非常地感动，觉得不应该就这样死掉，同时也发觉到书对人有很好的影响力。从那一刻开始，她就发愿：每个月要把她所赚到的钱拿出来一部分买书，送给全省各地没有钱买书的学校和孩子。

为了要买更多的书，她跑到台北的大饭店去做服务生，每天洗厕所和做一些粗重的工作。由于她不断地做这样的工作，并且默默地买书送给大家看，这件事情，被她现在的先生知道了，觉得这个女孩很好，所以就跟她结婚了。她嫁的这位先生非常好。婚后，她跟随先生在市场里面做食品批发，这也是非常粗重的工作。譬如：每天要煮很多的花生；腌很多的咸菜；剥很多的卤蛋，一天不知道要剥几千个。尽管每天如此辛劳地工作，但她还是像以前一样，每个月存下一部分的钱，大概是他们总收入的三分之一，拿出来买书送给需要的人。

但是，由于她过度的劳累，大概是两年前，她得了急性白血病，也就是俗称的"血癌"。唉！大家都觉得老天无眼，这么好的人竟然让她得了这样的绝症，可是她不这么想，自己很乐观。她觉得，如果一个人可以保持快乐的心情，那么就是死了也无憾。就因为如此，所以她一直保持着很喜悦的心情，经过了两年的治疗，她的血癌被治好了，现在已痊愈。

由于她得了血癌，不能做粗重的工作，也就没有办法再做市场里面的食品批发，她改行做房地产及珠宝的生意，没想到，因为这样的转变而成了大富翁。最近，她拿出了一百二十万，买书送给很多需要图书的乡村，甚至把很多书分送到大陆去。每次我看到这样的人就非常非常地感动。这就是一个活生生的例子，在她的生命里面遭遇到很多的烦恼，但是每一次的烦恼都得到新的发展，变成了智慧的一部分。

第二位要谈的是郑石岩老师，他是台湾学禅非常有名的居士。我想很多人读过他写的书，但是很少人知道他学禅的体验是来自一次全身瘫痪。那时候，他连坐都不能坐，整天在地上爬行，这样的状况大概持续了七八个星期。由于他对佛教的信心，每天非常虔诚、努力地念佛、修行，慢慢地竟然可以坐起来。本来医生都已经宣布他这辈子不可能再坐起来，只能在地上爬行，这对他的打击是多么的沉重！后来，他慢慢坐起来、站起来，然后开始上班、演讲。在这整个过程里面，促使他对禅道有非常深刻、甚至异于常人的体验。每次我读到他的书都非常地感动，原因就在于这真的是非常不容易的事，他是从生活里的困顿亲身体验到的。

我们可以轻易地发现，在我们生活的四周，不一定是有名的人，譬如我们的亲戚、朋友、同学里面，一定有曾经经历过很多的烦恼而得到提升、得到开展的例子。像杏林子也是一个很特殊的朋友。她患了类风湿性关节炎，全身都不能动，最近为了装一个新的膝盖而去开刀。哎呀！虽然她活得这么辛苦，然而每次看到她所写的书却都是充满了光明，实在是非常地感人。

烦恼变成智慧之可能

经由这些活生生的例子，常常使我激起新的勇气。每次碰到烦恼的时候，就想到，曾经在这个世界上、在历史上，有非常非常多的人遭遇到跟我们一样的烦恼，甚至比我们更深切的烦恼，但是他们都得到了超越，所以使烦恼变成智慧是有可能的。

在佛教经典里面说："烦恼即菩提。"有的人把它翻译成"烦恼就是智慧"，我想这样的翻译是有缺失的。烦恼并不是智慧，而是智慧的源头。"烦恼即菩提"的意思就是说，烦恼可以开展出智慧，但烦恼并不等于是智慧，要不然我们光烦恼就好了，当然不是这个样子。这道理很简单，像佛教常常用莲花来象征智慧，莲花出于污泥，但莲花不等于污泥，就好像智慧从烦恼中生起一样，智慧不等于烦恼，智慧是从烦恼里面经过转化、提升和超越而得到的。

《从容录》里面说，有一次，文殊师利菩萨对着大众说法，讲到烦恼跟智慧的问题。他就把善财童子叫起来，说："善财，你到外面摘一棵不能做药的草进来。"善财就赶快跑出去，找了半天，还是找不到一棵草是不能做药的。就跑回来报告文殊师利菩萨："菩萨，'遍天下无不是药的草'，我走遍了外面，就是找不到一棵草是不能做药的。"文殊师利菩萨蹲下来，从地上摘起一棵草，对着大众说："对呀！遍天下无不是药的草。"所以遍天下没有不能转成智慧的烦恼。

如果有一个烦恼生起，它一定是可以转成智慧的。如果这个烦恼不能转成智慧，那么可能有两个原因：第一，它真正的价值还没有被发现。第二，跟烦恼相对应的药方还没有被找到。那么，假使我们认识到这个真实的道理，我们就可以相信一件事情，譬如说，现在有很多很严重的病痛，大家都很害怕，像高血压、糖尿病、癌症、艾滋病……大家都认为是绝症。但是我相信这些病将来一定都会找到治疗的方法，只是到目前为止，还没有被找到罢了，既然有一种病，那么一定可以找到治疗它的药，我们也可以从历史上的发展看到许多的例子。就在三十年前，有很多的病都是绝症，像肺结核、小儿麻痹、痢疾、伤寒、梅毒等等，在当时都是没有办法治疗的，但是现在，这些病症都是可以治好的。所以当我们认识到人间的痛苦与疾病的时候，要相信将来这些病都有被治好的机会。

打一剂烦恼预防针

为什么我对这件事情有特别深的感触呢？因为我有一个弟弟，在年纪很小的时候，因罹患了小儿麻痹症过世，那是我第一次认识到死亡。唉！一个你最亲的人，每天睡在你旁边，跟你抢玩具、跟你打架，有一天突然死了。经过三十几年，我常常想到两个问题：第一，如果我的弟弟生在20世纪90年代，他就不会死，很可惜，他是生在三十年前。第二，如果我的弟弟生在现代，也不会得小儿麻痹症，因为现在的小孩一出生都有预防接种。这使我们了解到疾病与药草、烦恼与智慧，其中有很大的弹性。

我们今天所要讲的烦恼是智慧的源头，不只是针对已生起的烦恼，而是要借由烦恼来提炼出生命的药草，更希望的是，在还没有碰到烦恼之前，先打一剂预防针，从根源处来解决生命的烦恼问题。

一个人如果认识了烦恼，那并不表示他在生命里一定要接受烦恼的折磨，才会有智慧。如果所有的智慧都必须经过烦恼的折磨，这个智慧就太可怕了！正确地说，要在烦恼没有来袭之前，就先培养出人生的智见与慧眼，也就是智慧。即使这一生都没有生起烦恼，也一样可以开展出智慧。

就好像我们曾经讲到：莲花出于污泥，莲花是从污泥中长出来的，但是莲花也可以长在清水里。我有一个朋友，叫做席慕容，她是一个诗人，也是画家。有一段时间，她为了画莲花，就自己种植莲花。她把莲花种在清水里，莲花也开得很美。所以莲花不一定要长在污泥中，就好像智慧也不必然要从烦恼中生起一样。一个人可能在看见别人的烦恼时，就可以生起智慧，不需要自己去烦恼，才会开启智慧。从这个观点来看，我想一个人在还没有碰到烦恼之前先去认识烦恼的根源，在人生里是有必要的。

烦恼的四种状况

什么叫做烦恼呢？烦恼在佛教里面叫做"惑"。它会使我们的身心发生四种状况：第一，不安，也叫做恼；第二，散乱，也就是乱；第三，不净，不清净就是烦；第四，惑，就是无知。由于不安、散乱、不净与无知而产生污染的精神作用，叫做烦恼；也可以说，凡是阻碍我们清净、觉悟的心的一切，都叫做烦恼。

根本的烦恼，可以分成贪、嗔、痴、慢、疑、恶见。贪就是贪心，嗔是嗔恨，痴是愚痴，此外是傲慢与怀疑，还有对人生存有不好的见解，叫做恶见。而生起这六种根本烦恼的原因有两个：一个是"我执"的障碍，另一个是"所知"的障碍。

众生所有烦恼的困境，都是由于"我执"与"所知障"造成的。譬如：我们为钱财烦恼，那是认为这钱财是我们的；我们为一个职位烦恼，也是认为这个职位应该是属于我们的，这就是"我执"。为爱情烦恼也是"我执"，我们总是认为自己的男朋友或者是女朋友是属于我们的，所以他（她）离开了，我们就烦恼。其实，他（她）为什么是属于我们的呢？我常问失恋的年轻人，当你失恋的时候，你是否会纳闷为什么他会走呢？第一个问题："他是不是你生的？"答案："当然不是。"第二个问题："在他成长的过程里面，你有没有养育过他？例如，有没有付过奶粉钱？"答案也是"没有"。第三个问题："他的思想也不是你的，如果他的思想是你的，那今天他就不会离开你了。"从这三个问题，我们可以确认"没有一个人是属于另外一个人的"。

每一个人在这个宇宙与时空之中，都只是一个过客，没有一个东西是真正属于我们的。唉！想起来还真悲哀！但是，如果可以看清这一点，那就表示这个人是有智慧的。通常我们都看不到这一点，我们会觉得这世界有很多东西是属于"我"的，所以就产生"我执"的障碍；这种"我执"障碍的突破，就是要认识、认清人在这个宇宙跟时空里面，只是非常微小的一点，只是一个过程。

一个人投生在这个世界上，可能会拥有八十年或者一百年的生命，然后结束、离开。从此这个世界不会记住这个人，他在这个世界也没有做过什么，当我们把"时间"放大，就会看到这种真实的情况。

"我执"是烦恼之源

由于不能认识到"人生是过客"这个观点，我们就会产生很多的追逐、很多的企图、很多的贪心。因为得不到，就会嗔恨；因为贪心太大了，就会失去理智，这就成了愚痴。

从前有个故事：有一个人白天在大街上抢钱，被捉住以后送到官府。官府的人就问他："你怎么这么大胆啊，竟然敢在光天化日之下，又当着这么多人的面，去抢别人的钱？"他回答："哪里有人？我在抢的时候，只看到钱，根本没看到人！"这就是愚痴。贪、嗔、痴都是由于"我执"的障碍而产生的，而我们人生的烦恼也都是因为这种"我执"的障碍造成的。

有一次，我到南部演讲，有很多朋友来看我，还有两对夫妇先后来向我诉说他们的烦恼，其中一对结婚已经十几年了，但是一直都没有小孩。他们很想生一个小孩，所以就很烦恼；每次看到人家有小孩，就起嗔恨心，如果看到人家的小孩很可爱，嗔恨心就更大，多么希望自己能拥有一个像这样的小孩啊！我就安慰他们："其实没有小孩是很好的。"但是他们无法同意："当然，你已经有小孩才讲这种话。如果你也没有孩子，就可以了解我们的痛苦。"

另外一对夫妇则是生了四个小孩，但却无法管教，也很痛苦。我就对他们说："好吧，如果你那么喜欢小孩，他们又那么讨厌小孩，他们把两个分给你们养好了。"后来，双方都不同意。从这里我们可以看到，这两对父母都是由于"我执"而产生的烦恼。

赫利勒·纪伯伦写的《先知》一书谈到："我们的孩子是我们手中的箭，做父母的责任就是把弓拉开，把箭往前射去。这支箭不知会落在何处？箭的方向，我们也不知道，孩子跟我们的关系也像是这样。"最后，我试着让这两对父母在那儿聊天。聊完之后，这两对父母都生起了智慧，因为他们看到彼此的好坏之处，看出有小孩的坏处的人，就想："还好我没有小孩。"另外一对就说："孩子虽然不乖，我们到底有了小孩，比别人好啊！他们想要一个坏小孩都要不到，我们却有四个坏小孩。"

烦恼都是从"我"的这种执著生起的，这种"我执"是很难打破的。每次生起烦恼的时候，就要去观照我们的"我执"。在历史上，我们看过很多伟大的修行者，从释迦牟尼开始，像迦叶尊者、难陀尊者、莲池大师、弘一大师，他们都曾经有过婚姻，有的则有两三个太太，有小孩，但是最后，他们都抛弃了他们的太太、小孩，还有名利、权位，去修行。为什么他们会做这样的事情？就是要告诉我们，打破"我执"是非常艰难的。所以，一个想要解决烦恼问题的人，第一个就要常常去打破这种自私，打破对于"我"的执著。

打破所知的障碍

第二个障碍叫做"所知障"。为什么我们活在这个世界上会有所知障呢？那是因为我们整个的成长环境，都在承受一种填塞的教育。父母、老师以及我们所认识的大人，总是把他们自己认为有价值的东西，不加思索地填塞到我们的脑子里。然而，我们真正喜欢的，他们却认为没有价值，譬如玩泥巴："你每天玩泥巴做什么呢？"其实玩泥巴也可能很了不起，说不定，将来会变成陶艺家或者是雕塑家。如果小时候你在刻木头，父母亲可能会一巴掌就打过去："不好好读书，刻木头干什么？"刻木头也不坏啊！像朱铭的木雕，最便宜的一件也要三十万。

这种填塞的教育，会使我们对生命的价值产生所知的障碍，也就是说，从被填塞的见解里面生起执著。这种生起的执著，会使我们的思想固定，没有办法生起新的智慧。"所知障"不只是没有接受教育的人才有，教育越高的，"所知障"也就越深。

举个例子，在圆山保龄球馆附近有一个圆山诊所，负责人是崔玖博士，崔博士曾在夏威夷大学医学院任教，是一个赫赫有名的妇产科专家、医学博士。我们都知道，受到西医训练的人，都没有办法接受中医的观点，她也不例外。但是在五十岁的那年，她得了"五十肩"，就是两手无法举过肩膀，这种病看似不严重，但也很麻烦，所以蛮痛苦的。她开始寻访全美国有名的医生去治疗，前后花了五六年，还是治不了她的病。直到有一天，她和几位看起来再平凡不过的人聊天，谈到她得了五十肩的痛苦，其中一个不起眼的人就说："这简单嘛！我帮你扎几针就好了！"

她实在不相信，但是已经看过那么多的医生，何妨让这个人试试？于是让那个人扎了三四针，五分钟以后，居然两只手可以举起来喊万岁了。"哎呀！想不通啊！道理在哪里呢？"这个时候，她打破了一个非常大的所知障，她发现中医实在有非常了不起的地方。从此，她开始研究中医，如气功、针灸、打坐、东方的运功等，甚至还发明了把脉机，因为她觉得中医用手把脉不科学，容易搀杂人为的因素。并且发愿，希望在她的后半生，把所有的力量贡献在中、西医学的融合之上，因此成立了一个"中西医学科学研究中心"，这是全台湾唯一一所中、西医一起会诊的医院——圆山诊所。自其成立以来，已展现了很多很好的成果和做了许多了不起的研究。

这个故事给我们的启示是，一个人这么多年的"所知"的障碍，可能就因为两三针扎下去，五分钟后就打破了！如果她的"所知障"没有被打破，可能中、西的医学也没办法融会贯通。啊！这就是所知障。所以崔玖博士曾跟我说："很遗憾！过去这么多年，中、西医都由于他们所知的障碍，不能一起为人类的医学作出重大的贡献。将来如果每一个人都可以打破成见，携手合作，一定会有更大的贡献。"而所知障的障碍一旦被打破，就会使人的见解、思想以及智慧得到很大的开展。

从相对观点来思考

有一天，我在路上碰到反核大游行，路上堵得车子动弹不得。坐在汽车里面就想到：不久前，我曾应邀到金山的第一核能发电厂去演讲。之后，副厂长带我参观了核电厂，并花了很多时间向我解说"核能"：

第一，核能是很安全的。在这里的工作人员，全部都受过比一般人更高等的教育，不是硕士就是博士，都是非常专业的。为什么他们愿意在这里工作呢？难道他们找不到别的工作吗？甚至他们工作时坐的位置，距离核能原子炉大概不超过三十米，而有很多的员工就住在金山附近，难道他们都不害怕吗？并不是他们不害怕，而是他们对核能的安全问题有和一般人不同的认识。

第二，电的需要，亦即核能的需要。想想看，在一二十年前，一个家庭可能只点两三个电灯，而且都是十瓦或者是二十瓦，很暗的；说不定上厕所的时候，不小心还会踩进茅坑里。

再看一看现在，每一个家庭都是电气化，那需要多少电？大家都知道，将来还有地铁系统、铁路电气化，这又需要多少电力呢？如果没有核能，不能够用电，也就没办法发展。所以他交给我一大沓的资料，并对我说："林先生，麻烦你回去以后，用'感性'的方法来写核能电厂，说不定能让他们有新一层的认识。"

我坐在出租车里想这些事情，那些反核人士就在眼前走过，这两个现象都使我感动。一边是受了很多专业教育的人，努力地想要建新的核能电厂，造福大众；一边是一群具有爱心的人士，为了关怀我们的子孙，保护我们的泥土，维护大自然的环境，他们不怕日晒雨淋，非常热情地在路上游行。哎呀！为什么两边都好的人互相不能坐下来谈一谈呢？为什么他们不能有更好的沟通呢？或许这样就能够打破一些所知的障碍，会使这一件事情有一个更好的结局。

检验所知的障碍

这种所知的障碍，不只出现在一般的生活习惯上或者是一般的观点上，还出现于我们的修行之中。大家都会发现到，最近这几年，台湾的宗教真可说是蓬勃发展。发展到什么情况呢？我常开玩笑说：每一年都会诞生一位新的"教主"，一出来就会说：他已经证得阿罗汉，或者证得八地菩萨，或大圆满的境界，或现代佛。听说去年台湾就有六十几人证得阿罗汉果。哇！这么厉害呀！为什么他们对证果，对成就会这么渴求呢？

为什么会产生这么多的教主呢？我想有一个非常重要的原因，就是在这个混乱、紧张、竞争如此激烈的社会里，要从一个普通的工作中得到成就是很困难的，要打拼很久才会有成就的希望。如此一来，宣称"证果"是最快速达到成就的方法，于是三个月后，这里就"冒"出一个，再三个月后，那里又"冒"出一个，为什么呢？因为在社会上，不管是什么样的成功，都是可检验的。譬如，我们要跟一个人做生意，我们会调查他的资本额、营业状况、信用如何，是否可与他合作？又是否愿意冒风险呢？我们会用理性的思考去检验，用我们所知道的观点去看，所有的事情都是这样的。可是如果我们碰到一位号称证果的人，我们往往失去检验的态度。当然，并不是所有证果的人都是假的，而是说我们要有更理性的判断与思维。

记得有一次我在松山机场候机，有一位老先生突然向我兜售"开悟鞋垫"。他说："穿了它，一个星期就开悟；更神奇的是，一个小时以后，就会从脚底升起三昧的境界。"于是我就问他价钱，他说："一双一千元，因为功效特别神奇，所以价钱比较贵。"因为太贵了，我不买。他又说："不然一双算你五百元。"我说："开悟还可以打折啊！"还是不买。他又说："这样好了，你买一双送一双，特别算你五百就好。"结果，我自己穿一双，带着一双搭机到高雄。一位朋友开车来接我，我就说："我送给你这个世界上最珍贵的礼物——'开悟鞋垫'，穿了它，一个星期马上开悟。""真的吗？""当然不是真的。"如果这样就可以开悟，那很简单，每一个人只要发一双鞋垫就好了，也不需要再做心性的锻炼。

为什么我们会被这些所知的障碍障蔽？就是因为我们有我执、有私心。其实"所知障"就是"我执"的障碍，一个人如果可以用无我打破这种障碍，就不会被我执跟智见所蒙蔽了。

要怎样来突破这些障碍呢？就是要有智慧。在佛教里面，智慧最简单的意思是"能断烦恼的精神作用"。

一个人之所以要学佛，也就是所谓的要求智慧，必须要依戒、定、慧三学而修行。戒就是杀、盗、淫、妄、酒，不做坏的事情。为什么要守戒呢？守戒是要使我们的三昧现起，比较容易进入定境。为什么要禅定？禅定是为了要生起智慧，所以"戒"和"定"都是为了生起智慧，学佛就是在学智慧。故凡拜佛、念佛、念咒，以及佛教里的一切仪式，也都是为了要生起智慧。

妙观察、平等性、成所作、大圆镜

什么叫做智慧呢？"智"的上面是知识的知，下面是太阳的日，"智"的意思就是可以自己发光的知识，而不是从别人那里学来的；如果是从别人之处学来的，就叫做"识"。自己发光就是"转识成智"，变成你内在里真正的体验。"慧"字下面是个心，就是心有所感，对人生比别人有更深刻的感受，比别人有更深刻的观照。依照唯识学的说法："智"与"慧"，乃同一体性，也就是说，你必须有更深切的感受，你才可以自己发光，也唯有自己发光的人，才能看到别人所看不到的东西，亦即心有所感。

智慧有四种特质：

第一是"妙观察"。微妙的观察。太阳所照射到的地方都是非常清楚、没有阴暗的，亦即无碍的。所以一个有智慧的人要像太阳一样，所照射到的地方都非常得清楚，能确切地看清事物的实相。

第二是"平等性"。对众生有一个平等的看待，并兼具大慈悲的心。为什么会认识到平等呢？那是因为要像太阳一样，太阳是不具任何分别性的，因此就非常自然地照射到各个角落。

第三是"成所作"。凡是太阳所照射到的地方都有生机，可以利益众生，所做皆能成就。

第四是"大圆镜"。即妙观察、平等性、成所作三个综合起来，使我们的心性像一个很大、很圆满的镜子一样，能如实地反映这个世界。

所以，"妙观察智"可以破"我执"；"平等性智"可以破"所知障"；"成所作智"是把这种破除之后的体验，拿来实践；"大圆镜智"就是成就一切的智慧。如何从烦恼转成智慧？我们得到一个非常简单的结论，其过程就是：对烦恼有好的观察，然后破除在心理上不平等的观点，再去检验实践，现起实相。

接下来，我们要谈的是，如何使烦恼转变成智慧的实践方法，即"和、敬、清、寂"四种方法。"和、敬、清、寂"原本是指日本茶道的最高境界，后来，茶道与禅道相结合，认为禅道的最高境界也可以说是"和、敬、清、寂"，所以现在我们将这四个字拿来引申，当做实践从烦恼到达智慧的四种方法。

和——柔软心和平常心

何谓"和"呢？和是调和，把两种东西合在一起，而产生一个新的滋味。譬如，胡椒和盐合在一起即成胡椒盐，它和胡椒、盐是全然不同的味道，因而品出第三种味道，即产生一个新的见解。所以使烦恼通过实践变成智慧的第一个方法，是使烦恼加上一个新的见解，转变成一个新的智慧。

一个想要"和"的人必须具备"柔软心"和"平常心"。什么叫做"柔软心"？各位知不知道，为什么佛教的象征是莲花？根据佛经的记载：莲花是这个世界上最柔软的花。柔软就是没有障碍的、没有固定观点的、没有僵化模式的。在佛教经典里面提到：莲花之所以象征佛教，是因为莲花具有五种德性：第一，非常的纯净；第二，非常的细腻；第三，非常的柔软；第四，非常的坚韧；第五，非常的芳香。一个人如果具备了这五种德性，可以说，他的心里就有佛法了。

我一直在思考，用什么最简单的方法，来说明这五种德性呢？有一天，我搭乘出租车，一上车，听到闽南语电台节目，正播送一则面霜的广告，说："如果你抹这种面霜，一个月后，保证你'白泡泡、幼咪咪、宁信信、Q地地、芳贡贡（闽南语，音译，白、嫩、软、弹性和芳香之意)。'"哇！当时直觉那卖面霜的人就像禅师一样，一棒打在我的头上。讲得太好了！这就是我一直在思考的莲花五德。第一个"白泡泡"就是非常的纯净；第二个"幼咪咪"就是非常的细腻；第三个"宁信信"是非常的柔软；第四个"Q地地"即非常的坚韧；第五个"芳贡贡"不就是非常的芬芳吗？在佛经里说：其他的四个德性都是由于柔软所升起的。柔软不只是在佛教里占有相当重要的位置，而且是一切宗教、一切思想最根本的特性。所有好的思想，都是从柔软里诞生的，由此可见"柔软"是很重要的。

我曾经读过一个故事：以前的圣人要过世的时候，气氛都是很肃穆的。一定有弟子会来请问他，有没有遗言要交代，他就会把最后的遗言讲出来。老子的老师常枞快要死的时候，老子就请问常枞，有没有什么最后的教化？常枞张开嘴巴，说："看看我的舌头还在吗？"老子回道："在啊！"常枞又说："你看看我的牙齿还在吗？"老子说："牙齿都掉光了！"常枞就跟老子说："这就是我要教你的最后一课，柔软是最有力量的。"

哎呀！你看，舌头是最柔软的，但是一直到死，舌头都没坏掉；牙齿是最坚强的，可是很快就蛀掉了。于是他就对老子说："我死了以后，你应该以水为师。"老子问："为什么?"常枞说："因为水有几个特质：第一，水是不跟环境对立的，水放入圆杯内就变成圆的，放入方杯中就成方的；加热就变成蒸气，冷冻后就成冰块。第二，水是没有固定模式的，即没有一定状态的，它可能是大海、池塘、瀑布……第三，水是完全自由的。第四，水是最有力量的。水虽是天下之至柔，但没有任何刚强的东西可以阻挡住水。"听了这一番话，老子从此就开悟了，并发展出老子哲学，讲出了《道德经》。《道德经》就是柔软的哲学，其实这是很容易体验的。

所以要使你的身心柔软，才有可能生起智慧。不只是思想家如此，东西方所有的宗教都讲过一个同样的观点："如果你要上天堂，就要使你的心回归，一如赤子。"为什么要像小孩子一样呢？因为小孩子的心性是最柔软的。

除了柔软，要有"平常心"才能生起智慧。"平常心"就是不管在什么样波动的状态下，心境都不会被动摇，都能用一个清楚的观点来看待。

关于"平常心"，禅宗里面有一则故事：从前有一个修行者叫无相大师。他有两个徒弟，一个非常的聪明，另一个非常的笨，但是他都一样地教化他们，并常常对他们说："如果你们要修行成就，要记住一件重要的事情，就是要'宁做傻瓜'。"这两个弟子都谨记在心，每天也不断默念着这句话。

有一天，他们住的寺院因下大雨而漏水了，无相大师坐在大殿里，喊他的徒弟："下大雨了，赶快拿东西出来接水。"聪明的徒弟随手捡了一个锅子，立刻冲出来接水，师父看了就哈哈大笑："下这么大的雨，你拿这么小的锅怎么接水呢？真是个傻瓜！"聪明的徒弟一听，就很不高兴，心想：我跑这么快来接水，师父竟然说我是个傻瓜。锅子一丢，就跑掉了。

第二个笨的徒弟则一直在找东西，但却找不到，最后看到一个很大的竹篓子，拿了就冲出来接水，师父一看，也是哈哈大笑："哎呀！你真是不折不扣的大傻瓜！这个有漏洞的篓子，怎么可能接这么大的雨呢？"傻瓜徒弟一听，很开心地想："喔，师父说：'修行如果要成就，要宁做傻瓜。'今天他竟然给了我这么大的赞美：'你真是不折不扣的大傻瓜。'"听了师父如此赞美，这个时候，他开悟了。他就想到：要接这么大的雨，不应该拿一个有漏的篓子，应该是"无漏"的篓子。这故事给我们一个启示：对于一件事情的成败、是非、苦痛所带来的烦恼，都要有平常心，要有柔软心，那么，就可以调和与包容，这个时候，就可以生起智慧。

而当你有"柔软心"及"平常心"时，那种感觉就好像一只老鹰盘旋在空中一样。听说老鹰在空中飞翔的时候，可以看到距离一千米的地上一只跑过去的老鼠。哇！这心胸多么的广大！所以佛经里面讲到：佛陀最有智慧的一个弟子是舍利子，舍利就是灵鹫的意思。为什么呢？因为在经典里面记载：舍利子的母亲在怀他的时候，突然变得非常的聪明，辩才无碍、智慧大开，就好像灵鹫飞在空中一样，因此大家都叫她"舍利"，她生下的小孩也就叫"舍利子"。所以智慧就好像老鹰在很高的地方飞翔，而要使老鹰在很高的地方飞翔，就是要有"柔软心"及"平常心"去调和我们所遭遇的烦恼，这就叫做"和"。

敬——心存敬意，不生歧见

何谓"敬"呢？敬就是对人、事、物及烦恼都心存敬意，由于众生平等，就不会生起分别的歧见，也就不会执著和攀缘。

如何才能看到分别的歧见呢？举个例子：我们这一代人小时候都很穷困，成长的过程都是吃"番薯签配菜脯（注：番薯签是番薯切成签状，晒干即成；菜脯，即萝卜干）"过日子，好一点的是"咸菜"和"咸鱼"。有一次，我的朋友告诉我：他有两个孩子，由于从小就娇生惯养，觉得什么东西都不好吃，所以不爱吃东西。做父母的就头大得很，有时还得端着饭在后面追，这种画面屡见不鲜。于是，他常常骂小孩："你们不知道啊？爸爸小时候都是吃番薯签配菜脯过日子，现在给你们这么好的食物，你们竟然不吃。"

有一天吃晚餐的时候，他又开始唠叨，他的大儿子突然打岔，说："爸爸，番薯签真的那么难吃吗？"小女儿也说："萝卜干我也吃过，要不然买来吃吃看！"第二天黄昏，他跑到市场，找了半天，花了一个小时终于找到番薯签和萝卜干。当天晚上就煮了做晚餐，结果两个小孩却吃得津津有味！

吃完后，小孩异口同声说："爸爸！我们以后可不可以每天吃番薯签和萝卜干？很好吃啊！"哎呀！我的朋友在这个时候得到一个很好的体验——我们的感受不一定都是真实的，它往往来自于我们分别的见解。

又有一次，我和朋友到阳明山的日月农庄，那里有卖烤玉米和烤番薯的，烤好的番薯一斤四十五元，每十五分钟开缸一次，我一共花了四十五分钟去排队才买到。当时我心里非常感慨，真的，我们要对所有的事情保持敬意，其实，番薯不但好吃，而且多么了不起，它曾在台湾最贫苦的那段岁月里，养活了许许多多的人。理解到这一点，我们就会生起平等的心，不会用卑贱的态度来看我们自认不好的事物。万物的本身都是平等的，只是由于我们的"分别见"而产生了贵贱、美丑、大小、好坏之分。如果我们有智慧，就会打破分别的见解，不会把事物都看成卑贱；我们应该怀抱着一份尊敬的心，来看周遭的万事万物，也包括烦恼。

这个世界上最卑贱的众生是什么？可能是蟑螂。但是佛经教导我们：不可杀害一切众生。我刚开始信仰佛教时，看见蟑螂走来走去，又不能打死它，怎么办呢？我就做观想，把蟑螂观想成美丽的蝴蝶或者是跳跃的蚱蜢，感觉真的比较好一点。其实，蟑螂、蚱蜢、蝴蝶是同属昆虫类的，只因为我们有分别心，就会把它看得特别的卑贱。

渐渐地，就发觉可以和它们和平相处，这时，再瞧它们的模样，也是蛮可爱的。但是有一个问题，家里有这么多蟑螂，万一有朋友来访，看了一定很害怕，也会奇怪："你们都不杀蟑螂吗？"想了又想，就自己发明一套方法，第二天如果有朋友来，我事先站在客厅宣布："明天有朋友要来，你们都不要出来，免得被踩死，我不负责喔！"这一讲，第二天它们真的都躲起来，不敢再出来了。

有一天，我请了三个从西藏来的仁波切（注：仁波切是对藏传佛教上师的尊称，汉语中大众常用上师或活佛称呼）在家里用餐。按照惯例，前一天我对蟑螂宣布："明天我请了三位非常尊贵的客人，你们如果出来，会丢我的脸。"到了第二天，正在吃饭的时候，就有两只蟑螂手牵着手，从桌角爬过来，啊！当时我在心里叫着："不要出来！不要出来！等一下客人走了再出来！"但它们却视而不见、听而不闻地大摇大摆继续走到桌子中央。这个时候，我实在很不好意思，脸都红了。正在尴尬的时候，有一个仁波切双手合十，对我说："林居士，你是个非常有福报的人。"我纳闷问道："为什么呢?"他说："家里有这么可爱的蟑螂。"他并且解释说，在中国西藏、印度、尼泊尔以及很多的地方，蟑螂被看成是一个福气的象征。家里蟑螂越多，表示这个人越有福气。如果你家里都没有东西吃，你就是没有福气，连蟑螂都懒得理你，怎么会到你家里来住呢? 哇! 这一听，实在是太高兴了! 因为我家里大概有一百多只蟑螂，真的，我很有福气喔! 它们都知道我做人很好，不会去杀害它们。如果你有杀心，而且杀心不断，蟑螂都不会到你家里来，所以下次看到它们在你家走动时，你应该庆幸自己是一个比较没有杀心的人。从那次以后，我对蟑螂另眼相看。也就是说，观点是可以改变的，然后会有完全不同的情境、完全不同的看待，也就不会为此而烦恼了。

对最卑贱的事物，如果我们怀着恭敬的心、尊敬的态度，那么，我们不会再有烦恼，而会从烦恼转成智慧，并生起很好的平等心。

一切法平等，一切众生平等

平等心有两个意思：一是一切法平等；一是一切众生平等。

一切法平等就是：烦恼的法跟智慧的法是平等的。一个东西可以生起我们的智慧，同时，这个东西也可以生起我们的烦恼，两件事同样有价值。经典中也指出：如果一个人的烦恼现起，叫做"业障现前"，也叫做"境界现前"，业障就是境界。如果可以超越，业障就是境界；如果不能超越，境界也变成业障。

一切众生平等就是：我们要看出，即使是最卑微的众生，也是有佛性的，和我们都是一样平等的。

在《华严经》里讲到：菩萨如果有这种平等心，他就可以得到一切诸佛无上平等之法。在《大方等大集经》里也讲到：众生如果有平等心，就好像走入一座无畏的大城，从此对烦恼就不再害怕了。

平等再进一步，就是谦卑。一个人要信仰佛教，就必须礼拜、供养，对人要双手合十问讯，这些都是在训练我们谦卑的心；唯有谦卑的心，才能生起感恩，而在心里耕种福田。

所以佛教徒把好的功德，在做回向给众生时，都要念："上报四重恩，下济三途苦。"为什么要说上报呢？就是把一切的人都要放在上方，希望有报恩的态度。什么是四重恩？就是佛恩、父母恩、国土恩及众生恩；而对佛、父母、国土、众生，我们都要有谦卑和感恩的态度。

佛法里讲到：众生都好像是宝瓶，修行就是使这个宝瓶干净，可以装进宝贵的东西。但使用宝瓶有四种错误的方法：

第一，使这个宝瓶倒立，那就什么也装不进去。使它倒立就是对于法及众生没有接纳的态度。

第二，装满我执，再也没办法装进更好的东西。譬如：瓶子本来装的是黄豆，现在要装宝石，就必须把黄豆倒出来才可装进宝石。

第三，瓶子有漏洞，就是没有清净的心。

第四，已经在瓶中先放进了傲慢的毒药，当然也无法再装进好的东西。

这四种错误的方法，都是从反面强调一个最重要的观点：要有平等和谦卑的心，常常希望能容受更好的东西。当我们把宝瓶的瓶口张开时，我们的烦恼就可以受到洗涤，然后，智慧就可以装进来。这就是"敬"。

清——如实看见自己的心

何谓"清"呢？就是"清净心"，也就是菩提心的意思。其意为清净、坦诚而没有歪曲的心。

"清净心"大概可以分成两个层次：

第一个层次——如实地看见自己的心。简单地讲，如果我看不见自己的烦恼，就无法去控制它；如果我看见了自己的烦恼，很自然地就会想办法来对治它。譬如，医生最头痛的就是看不见病人的病源；所以当我们要做自己心灵的医生时，也就是要去看清楚自己病症的来源。

有一次到屏东，居然碰到了一个少了一颗门牙的牙科医生，就很好奇地问他，为什么不给自己装门牙呢？原来在年轻的时候，他帮人家看牙时把病人一颗好的牙拔掉了，当天晚上，他为了惩罚自己，就拔掉一颗自己的门牙，从此几十年也没有再装上。哎呀！我听了就非常非常的感动。

他是个多么了不起的医生！然后我就说："会不会有病人

为了这门牙而问你呢？当知道你拔错了人家一颗牙，以后就没有人敢让你拔牙了！"他说："不会，因为大家都知道，我对病人有着非常虔诚的心及清净的态度。如果我拔错了你的牙，就拔一颗赔你。"这就是如实地看见。怎么样才能如实地看见呢？就是要使我们的心清净，才可以看到心海里面的东西。

小时候，我住在乡下。由于家里没有自来水，每次下雨，就要接水来用。接水要用很大的水缸，放在屋檐下，一缸一缸摆着，雨水就会顺屋檐滴到水缸里面。水满了，就丢一个明矾进去，经过两三天后，脏的东西沉淀了，雨水才可以使用。不但可以用来洗碗、洗衣、洗澡，甚至还可以煮饭。

为了要使一缸水清净，必须花三五天这么长的时间，但是若要使水混浊，却是非常的快，一秒钟，只要把手伸进去搅和一下，马上就回复到五天前的样子。所以我们小时候，经常被父母告诫，绝对不可以用手去搅水缸里的水，因为只有清净的水才可以用。同样的，针对我们的烦恼，要先使我们的心清净，才可以明确地看清楚烦恼，让它沉淀，如此智慧的清净才会浮现出来。

从前有一个弟子去拜访大师，看见大师安静地坐在那里，一整天连头发都不飘动一下，这弟子就非常敬佩地说："师父啊，您是从哪里学到这么寂静的功夫呢?"大师回答:"我是从猫的身上学到的。当一只猫守在老鼠的洞口时，它比我还要寂静；因为你要看到烦恼的老鼠，才可以捉住它。"这个意思就是要使我们的烦恼沉淀，然后用清净的态度来看这个烦恼。

用清净观点看世界

第二个层次——用清净的观点来看世界。训练自己常常用好的观点来看这个世界。譬如，我眼前有杯水，悲观的人说："唉，可惜啊！这杯水只剩下半杯。"乐观的人则会说："哇！太好了，已经半满，再倒一半就满了。"又譬如："大家都认为钻石很有价值，一克拉要几万块，很贵的，但是对有清净心的人来说，黄金、钻石和石头都是一样的；钻石和泥土也都一样有其本身的价值。为什么？因为我们不能把稻米种在钻石上，只能够种在泥土里。一切的事、物都有其价值，烦恼也不例外。

再举个例子：有两个人刚好坐在一起，我们就规定他们永生永世不可以分开，那么大家一定会害怕，不敢再坐在一起。有人在路上互相对望一眼，就规定他们从此要一起过一辈子。哇！大家从此也不敢再看人了。幸好有一个东西叫做失恋，你想要分开的时候就可以分开。这是多么了不起！而分开之后，你才会领略到谈恋爱时的那种感受，所以失恋是很好的，如果没有失恋，我们就不觉得恋爱值得去珍惜。流泪也是很好的，因为让我们看到自己有细腻的心；唯有哭得很好的人，才可以笑得很好。又如春天的时候，下午常会乌云密布，下场大雨，半夜里也常打雷、下雨，这都是很好的，因为万物都在无形中得到了滋长。所以"清净心"若常常生起，菩提心也就随之生起。

曾经有两个人同时要搬家，要搬往同一个大城市。第一个人走到城门口，碰到守城的人，便问守城的人："请问这个城市怎么样？我想搬到这里来。"

守城的人就反问他："那么，请问你是从什么样的城市搬到这里来？"第一个人就说："我住的那个城市很烂，为了做地铁系统，每天把道路挖得乱七八糟，不但一出门就塞车、空气很不好、物价高昂，人与人之间也充满了憎恨，互相不礼让，简直让人无法忍受，所以我想逃到你们这个城市来。"

守城的人建议他："你不必搬来了，你要搬来的这个城市，正好与你要逃避的那个城市是一样的。"那个人说："哎呀！没想到世界各地都这么烂。"说完很不开心地走了。

第二个要搬来的人也问守城的人相同的问题，守城的人同样反问他从什么样的城市搬来。第二个人说："我住的那个城市很棒，男人都很英俊，女人也很可爱，每一个人都很富足。百货公司、超级市场的货物堆得像山一样，应有尽有，只要你肯努力工作，就可以生活得很好。可惜，因为工作的关系，我被调到这附近，所以只好搬来这个城市，请问这个城市好不好？"

守城的人就把城门打开，并且说："欢迎你来这个城市，因为这里和你原先住的那个城市是一模一样的。"

这故事是说，如果你有"清净心"，不论你住在什么样的城市，都会感到一样的欢喜。就如同台北也是很可爱的城市，没有我们想象的那么糟。如果你每天越想越糟，出门的时候就会越烦恼，这个城市就会更糟，或许，走在路上再也看不到一个微笑的人。

寂——止息外在的企图和追寻

何谓"寂"呢？就是"寂灭"。要使烦恼寂灭和止息，也就是停止生命外在的企图与追寻，单纯过着平静、知足、最低欲望的生活，不要到处去寻找我们需要的灯，而是要自我们的内在点燃它。只要使我们的心止息，内在的灯就亮起来了。

从前有一个弟子，非常喜欢作智慧的比较，每天都在思考、研究，到底是哪位师父修行高呢。是圣严师父的禅法好呢，还是唯觉师父的比较好？有一天，他听说很远的地方有一个有智慧的人，于是写了一封很长的求见信函，希望去拜访那位智者，一起探讨智慧的问题。

一个星期以后，这个有智慧的人寄来一个包裹，里面有一个装了水和油的瓶子，还附了一条棉线，并且在回信上说："第一，如果你把棉线插在瓶内上方的油中，就可以点灯，发出光亮。第二，如果你把油倒掉，再插入棉线，就无法点燃，也得不到光。第三，如果你把瓶子摇动，让水和油混合，插入棉线，火光一闪，就会熄灭。第四，智慧就是这样，不需要去参访、言谈及研究。智慧与烦恼，就像油和水一样，如果止息了，油就会浮上来，它就能点灯。"

因此有智慧的人，并不是跟一般人有什么不同，表面上看起来都是一样的，只是在他的内在里，他能"止息寂静"，点燃内在的灯光。同时，他也随时随地保持着心的平静，用觉醒的态度来面对这个世界，也就是完全止息寂静的心，这叫做"大圆镜智"。

我们知道"和、敬、清、寂"是促使我们通向智慧的简单方法。"和"就是"妙观察智"，"敬"就是"平等性智"，"清"就是"成所作智"，"寂"就是"大圆镜智"。经由这四种方法，我们就可以知道，为什么茶道的最高境界叫做"和、敬、清、寂"，因为这样就进入了"茶味禅味，味味一味"的最终境界。

日本茶道有一位非常了不起的祖师，叫做千利休。有人问他："喝茶的方法，有什么奥妙之处？"他说："喝茶的时候，夏天要觉得凉爽，冬天要觉得温暖。每次把茶泡得更好喝，这就是茶道的奥妙了。"哎呀！讲得实在太好了。我把它改了一下："什么是烦恼通向智慧的方法呢？就是烦恼时生起智慧，悲哀的时候还有清凉。每一次都使生活提升一些，这就是觉醒的奥妙了。"

在我们的人生旅程里，我们不断地往前走，就好像爬山一样，站在一个山头往回看，我们已经走过一段很长的路，有很深的感受："去日苦长，来日苦短；来日方短，去日苦多。"我们会看到，人生里还有很多很多的山头。但是不管你选择要爬哪一个山头，首先，你必须从你站的山头走下来，到了谷底，你才可能去爬另外一座山头。

当烦恼来的时候，就好像我们站在山谷的阴暗之中，如果我们往山上爬，很可能后来爬的这座山比原来那座还高。所有人生烦恼的山谷，都可能是一座智慧高山的起点；现在我们站在烦恼的地方往上爬，这就叫做源头，说不定，有一天就可以爬到更高的山头。

有一首禅诗说：

　　　心中有佛，不打不出；

　　　石中有火，不打不发。

石头里有火，两块石头要相撞击后，才会冒出火花；心里面有佛，要接受打击、接受挫折、接受琢磨，佛性才会显露出来。所以这个世界上，有很多的人不断地受到打击、挫折，深陷在痛苦之中，后来他们去修行、出家，修行成就。一个人如果不受到更大的打击和挫折，对佛性怎么会有更深的体验呢？所以烦恼并没有想象中那么糟；烦恼是很好的，因为烦恼是智慧的源头。

第四讲·无明是光明的窗子

什么叫"无明"？无明是佛教中非常重要的概念，也就是当我们还没有出生到这个世界来的时候，就有一个种子，这个种子具有一种黑暗的力量，我们就带着这个含有黑暗力量的种子来到这个世界，这就叫做"无明"。

怎么样来使这个有黑暗力量的种子变成光明？并不是说再找寻一个特别的东西，而是在这个黑暗里，再点起一盏灯，或者说，在这个黑暗里打开一扇窗子。事实上，无明和光明本来是一体的，只是看怎么样打开罢了！

智者一定有光明的品质

　　常常有年轻的朋友问我："林先生，我想要做一个有智慧的人，但不知道什么样才是有智慧的人，或是用什么方法才能变成有智慧的人？"我想，有智慧的人都有一个简单的特质，就是他一定会具有一个光明的品质或正向的品质，是比较喜悦、比较清净、比较光明的人。但是在寻找智慧的过程中，许多人都不知道有什么比较好、比较简易的方法来寻找，每个人都很急切，希望用什么简单的方法来使自己变成一个更有智慧的人。

　　年轻的时候，我也常常充满这样的茫然和渴望。在二十三岁的时候，我当了记者，几乎每天都在各行各业访问有智慧的人。在访问的过程中，当然会听到很多有智慧的话，不过每次回家后却感到茫然，这些茫然是因为，忽然间让我觉得那些人的智慧对我的人生究竟有什么帮助？毕竟他们的智慧还是他们的，不是我的。

一直到二十七岁时，我失恋了，这样的失败让我想起以前所访问到的那些婚姻、爱情专家，便想听听他们的意见，看看对我正处在黑暗里的心灵有什么帮助。

我就去找那些对婚姻、爱情有很好看法、很高智慧的人，那些专家告诉我："你应该客观一点，应该理性一点。不要那么投入，就不会那么痛苦。"每次当我和专家谈完了，走出他家大门，心里就想：他到底有没有谈过恋爱呢？谈恋爱当然是很投入、很主观、完全不能理性的，这才是恋爱呀！否则怎么能叫恋爱呢？

专家的理论对我的体验反而没有什么帮助，更使我处在一种非常惶恐和痛苦的心态里面了。直到有一天黄昏，我想起我应该尽力来挽救我失败的爱情。

于是就走到花店去买花，想要买一束黄色的玫瑰，送给我那个无缘的女朋友。唉！真是教我越想越伤心！想到要挽回爱情，就必须要有一个更好的态度，于是走到花店去买一束黄色玫瑰花。

到了花店，发现玫瑰花只剩下九朵，而且都垂头丧气。那时候我心里实在很伤心，人已经够衰了，要买玫瑰连玫瑰也垂头丧气。我就跟老板说："我要买玫瑰，可是玫瑰都垂头丧气了，怎么办呢？"老板说："啊，这没问题，你半小时后再来，我保证你有一束新鲜的黄玫瑰。"

我在市场绕来绕去，觉得这个世界蛮没意思的，快要毁灭了一样。茫茫然走了半个小时，回到花店一看，大吃一惊，发现九朵玫瑰生气勃勃地插在玻璃瓶里，好像变魔术一样。这个老板真是太厉害了！

我问花店的老板："到底有什么秘诀可以使玫瑰重新抬起头来？"他说："这太简单了，玫瑰如果头垂下去就表示缺水了，只要把整枝玫瑰泡在水里半小时，就会使它像新鲜的一样。"啊！这么好的方法怎么以前都没有人告诉我呢？难怪家里插的玫瑰老是垂头丧气，原来玫瑰的头也需要水分啊！

他又告诉我："人也是和玫瑰一样，不只是肚子需要养料，连头也需要养料，头脑有养料的人，就不会垂头丧气了。"我听了花店老板的话，好像被重重一击，眼泪差一点流下来，捧着那九朵玫瑰花就回家了。

那时我就决定不把玫瑰花送给我女朋友了。我自己放了一缸水，把全身连头都泡在里面浸半个小时，从浴缸站起来的时候，我就告诉自己："从今以后，我要开始过我自己的生活！"从那时候起，我的心对于情感、对于人生，就有了一个完全不同的看法。哎呀！智慧的体验往往来自于一个不可测的状态，实在难以理解。

后来，我就开始写我的第一本书《玫瑰海岸》。本来我计划在这本书里写一百个非常悲惨的爱情故事，要让那些悲惨的人因为看到居然还有比他们更悲惨的人而得到解脱，于是就一直写、一直写，等写到第五十五个故事时，我发现我已经得到解脱了，所以这本书就只有五十五个故事，其他四十五个就没有完成。

有缘就有智慧

当时给了我一些很新的概念，第一个概念是，所有的智慧都必须经过内在自我很深很深的体验；第二个概念是，这个世界上不一定是谁才能够给我们智慧。

在这个世界里，有很多很多的因缘可以学到智慧，我们可能从一个出租车司机身上得到智慧，也可能从一个清洁工身上得到智慧，当然，也可能从一个大学教授那儿得到智慧。每一个人在他生命的经验里面，都曾经发出很好的智慧、很好的创造力，值得我们学习。

有一次，我经过市场时发现一个很大的招牌，上面写着"皮尔卡登蚵仔煎"。啊！看了很吃惊，这是多么了不起、多么有创造力啊！那个老板告诉我，自从改了店名叫"皮尔卡登蚵仔煎"以后，生意增加了好几倍。这就表示，我们不一定要在哪里才能学习到智慧，说不定哪一天你也可以在旁边开一家"范伦铁诺臭豆腐"或"阿兰德隆鸭肉米粉"。这就是创造力，可以在任何地方学习到的，那对于我们生命的启发是非常有帮助的。

我常常在买花的时候发现，那些买花的人，经常把他们在人生中得到的体会告诉我。譬如，有一个老太太告诉我："为什么白色的花都很香，而很鲜艳的花都不香？那是因为朴素是最芬芳的。"哇！当时我就好像被一首禅诗缠绕，她讲得多么好啊！真的，像玉兰花、百合花、白莲花……最香的花都是白色的，而那些有着很招摇的颜色的花都不香。

另外又有一个卖花的人告诉我："你知不知道夜来香在白天也很香？"哇！这又像是一根棒子打在头顶上。他说："一般人在白天时的心都是非常动荡的、不安的，没有办法体会夜来香在白天其实也是很香的。"

还有一次，我在花店买莲花想回来供佛，正在买的时候，发现旁边有一个老先生正翻着白眼瞪我。我觉得很奇怪。等我买完花正要离去时，他站起来拦住我的去路，问我："喂！年轻人，你在买莲花啊？"我说："是啊！你没看到吗？"他又跟我说："那你懂得怎么买莲花吗？"我说："当然懂啊！你没看见我挑了这么多吗？"他冷笑一声，说："你说你会买莲花，那你怎么都拣那种不会开的花呢？"

我就看一眼手中的莲花，想到：难道这些莲花都是不会开的吗？他又跟我说："早上是莲花开放的最好时刻，如果早上的莲花不开，中午也不会开，晚上也不会开，甚至一辈子都不可能开了！"这时候我恍然大悟，以前我买的莲花不开，还以为是家里的自来水有问题，原来道理就是这样啊！

事实上，启发我们智慧的人，不一定就是有智慧的人，重要的是我们要有一颗智慧的心，就可以体会到这样的智慧。所以真实的智慧不只是学习，它还来自更深的体验，如果我们自己不从内心发出一种学习的态度，那么就没有人可以启发我们了。

无明，智慧未被点燃的状态

生活在这个世界上的每一个人，都觉得自己是很了不起的，也许在自己知道的范围内的确是很了不起，可是换了另一个范围，可能就一无所知了。譬如说，你家的电视机坏了，你没有办法，只好请修电视的人来，这就表示在另一个范围里，每一个人都可以做我们的老师。而这些教我们的老师，就像在我们人生的苍茫和黑暗中点灯。

虽然人生当中我们会有许多黑暗的时刻，但就因为有很多人跟我们在一起，大家互相点灯，可以看到黑暗里面的东西，才使我们不会畏惧。而在智慧还没有被点燃的时刻，佛家就叫它"无明"。

从佛教观点来看，"无明"就是一切烦恼的根本，也可以说是一切烦恼的种子。一个人在还没有诞生到这个世界的时候，就已经在心里埋下了烦恼和黑暗的种子，使他在这一生里面，就用烦恼和黑暗的心来看事物，不能明白事物的真相和真实的意义。这就是无明，也就是"痴"。

依照"唯识宗"的说法，无明共有十五种，我们在这儿只简单地提出两种根本的无明来探讨。

第一种无明叫做"种子无明"。就是埋在我们心里、意识里的那个种子是无明的，也可以说是从上一辈子带来的黑暗和烦恼。

第二种无明叫做"现行无明"。也就是无时无刻自心念中所生起的黑暗和烦恼。

"种子无明"就是对于生命没有觉察的能力。一个人不一定能跟着年龄的增长而对无明有所警觉。例如电影明星伊丽莎白·泰勒，她结第八次婚时，嫁给了比她小二十岁的丈夫，而且还去做拉皮手术美容；根据报纸详细的报导，据说光是整容费用就花了一百多万美金。

我看了觉得非常怜悯，一个人结过八次婚，年纪也越来越大，可是对生命却一点也没有觉察，只是不断地去拉皮，这人生又有什么意义？这就是种子的无明。一个人不能看到那个自内心里醒来的东西，对光明没有觉察的能力。我想，世界上的人比较会去注意到的，都是表面的或是有数量的东西；我们会去思考、比较为什么别人会拥有这么多，这就表示大部分的人在种子无明里面，会花很多的生命在外在数量的拥有上，但是内在品质却被忽略了！

可惜的是，我们不明白，在生命当中内在品质才是最重要的，因为每一个人的内在品质，正是打破无明的关键，而希望提升内在品质，首先就要建立起生命的觉察力。

到底要觉察些什么呢？首先要觉察生命的负面情绪和因素，这种负面因素佛家叫它"五毒"：贪、嗔、痴、慢、疑——贪心、嗔恨、愚痴、傲慢和怀疑。面对这五毒，努力改革它，产生起正向的力量，内在的品质就会得到改变。

第二个觉察力就是，在这些负面的因素中找出一个正面的情绪、正面的时刻，这个正面的时刻就是真、善、美、圣、喜——真理、善良、美好、庄严、喜悦。时时让正面的时刻充满我们，就是打破种子无明的最大力量。

每个人的生命中，都会有黑暗、痛苦的时刻和美好、光明的时刻。我们可以去觉察，那些时刻是在什么样的状况下来临；一个人既然明白自己拥有黑暗和美好的时刻，就应该努力找寻美好的时刻来对治黑暗的时刻。什么是生命里美好的时刻呢？也许每一个人的都不一样。譬如说，吃到好吃的东西；喝一杯很好的茶；一个陌生人对你很真心的微笑；一只蝴蝶突然飞进你的窗子——生命里许多美好的时刻常常会被忘记，所以就需要靠觉察力去使它生起来。

通过觉察，使光明的品质升起以后，就可以让我们静下心来，回忆起过去生命中那些美好的时刻，譬如，我小的时候，爸爸妈妈非常爱我，虽然贫苦，但我们有过许多美好的时光。

每一个美好时刻，就是一丝光明

　　小的时候我家里的小孩子很多，所以我的母亲没有办法像一般的母亲那样照顾我们。我那时候常站在一旁看她忙进忙出，养鸭、饲猪、喂鸡、洗衣服……做很多很多事情。当时我心里就想："要是我妈妈能够牵着我的手在河边散步，不知道有多好！"因为那时候的电影都会演妈妈牵着孩子在路上或河边散步的情景。哎呀！真是让我羡慕得要命。可是当我每次去拉母亲的手时，就被她一掌打开，说："闪啦！别在那边啰唆，绊脚绊手。"

　　有一天，她带我到田野去割芋梗，走在田埂上时，她忽然牵起我的手。哇！那次我感动得掉泪，怎么那么幸福啊！因为从来没有被妈妈牵过手，突然觉得特别幸福。但是这种机会非常少，其实，如果天天牵，也许就不会有那么幸福的感觉了，所以偶尔牵一次，便可以使我常常想起那种美好的时刻。现在我年纪大了，妈妈也老了，有时候我回到乡下，跟她去散步的时候都牵着她的手，哎呀！那时候多么容易回想起以前美好的时刻，但这种时刻就像河流一样，一下子就流过去了！

怎么样使这种正向的品质从美好的时刻发展出来呢？那就是当美好的时刻展现出来时，让它充满、遍布内心，让它令你感动得欢喜、感动得流泪，使你整个内在都被这种感性和情意充满。我想，这时候，一个人的心就会敞开，当这个心被敞开的时候，就像一个窗户被打开一样，一丝光明就会从窗子透进来。

生命中每一个美好的时刻都是一丝光明，如果要打开无明，依照佛教传统的说法，需要经过许多修行的方法来对治、压抑、克制它。而我们现在有一个最简单的方法，那就是使你生命里正向、美好的时刻充满你的内心，在那一刻，光明也就会充满你的内心，而种子无明便会得到照耀。虽然以前我们可能是黑暗的，但如果能在生命里体验到一点点光，我们就会对它有所渴求、有所企望，知道光明的追求是可能的。

跟随"种子无明"现起的就是"现行无明"，也就是此时此刻没有现起光明，所以种子无明和现行无明是无二无别的。一个人如果每一个现在的时刻没有生起光明，如果每一个时刻都跟黑暗相应，时间一久就会变成种子无明。就好像我们的心一直都很压抑，很烦恼，最后我们必定会走向一条很堕落的道路，而下辈子一开始，又会是一个黑暗的状态，所以我非常喜欢《楞严经》里讲到人轮回的实相。

一个人怎么样轮回到这个世界上来呢？在《楞严经》里把众生的心分成思想智慧和情欲两大部分。这其间又将众生分为六道，即：天人、阿修罗、人、畜生、饿鬼和地狱。什么样的人死了以后可以投胎去做天人，也就是做天上的神？《楞严经》上的说法是，有九分想一分情的人，死了以后可以投胎去做天人。这就是说，一个人有九分的思想和智慧，而只有一分的情欲，那么这个人死了会去天上做神。

第二种人叫做阿修罗，若有七分的思想、三分的情欲，死了就会去做阿修罗；阿修罗也就是金庸小说中讲到的"天龙八部"。这是非常有势力、也充满了情欲的人。

什么样的人会投胎做人呢？那就是五分情、五分想的人，情欲、思想均等的人死了就再回来做人。就像现在的我们一样，每天都在挣扎、矛盾，希望从情欲当中解脱。

什么样的人死后去当畜生呢？那就是七分情、三分想的人，畜生并不是没有智慧，只是比较少而已。

什么样的人会堕落到饿鬼道做鬼？就是"九分情一分想"的人，所以各位若是看聊斋或鬼电影，里面的鬼情欲都是非常炽盛的。

什么样的人会堕入地狱呢？经书上说，纯情的人就会堕入地狱。哎呀！以前我们都会以为自己很纯情，没有想到那是堕落地狱的根源。

这就是轮回的实相。智慧越高就会轮回到越好的地方，智慧越低就会轮回到越差的地方。轮回同时带着他的种子，种子如果有更多的情欲，就表示有更多无明、更多黑暗的力量，就会使他投生到更差的地方去；反之，如果种子有一个好的、光明的力量，那么就会投生到更好的地方去。

用光明来照破无明

所以打破现行无明的方法，就是活在眼前的每一个时刻。如果有一个好的意念在这一个时刻进来，我们就应该去实践，并且去提升它；假使有一个坏的意念进来，就不去做它、理会它，甚至要去改革它。面对无明最简单的方法，就是对光明能够有所期待，愿意张开我们的眼睛去迎向光明；我们要认识到，光明并不是一个固定的东西，它是一种心的态度，你的心对光明有什么样的态度，那才是照破无明最好的方法。

曾经有个故事说，一个女人很想和她的男朋友分开，但她想要用一种方法表达使他自动离开，而不是由她抛弃他。于是她想出一个办法：在男朋友到她家的时候，先把整个家改变。她把男朋友喜欢坐的椅子搬走，换上一把他不喜欢坐的椅子；把他喜欢用的茶杯换成他讨厌的茶杯；还特地穿了他不喜欢的衣服，喷了他不喜欢的香水，希望他来了之后，看到这种状况能领会而自动离开。

但最后，有件事却使她非常烦恼。因为她养的那只狗和她的男朋友很好，他来了狗一定会对他摇尾巴，怎么办呢？只有把它的尾巴剪掉，才能彻底地表示她家里没有一样东西欢迎他。于是她就把狗带到兽医那儿，请兽医把狗的尾巴剪掉。兽医觉得很奇怪，就问她为什么要把狗的尾巴剪掉？她就把事情告诉兽医，兽医听完之后就告诉她："你何必那么麻烦呢？要表达你的欢迎或不欢迎，并不在于桌子、椅子或狗的尾巴，而是在于你的心的态度。如果你的心表示出不欢迎的态度，那么他一定可以感受到的。"

所以要改革我们的无明最简单的方法，并不是要去做很多的礼拜，念很多经或参加很多法会来消除我们的业障，而是随时都要有对光明欢迎的态度，这种态度就取决于我们在这个世界上是不是要有一个光明的生活或是光明的未来。

佛经里有一个故事，在释迦牟尼佛的时代有一个思想家，他很聪明，但却双目失明。思想家看不见是件很头痛的事，他没有见过光，所以他就用逻辑来证实光明是不存在的。他的理由很充足，一共有四个：

第一个理由是，这个世界存在的东西都是可触摸的，光不能触摸，所以它不存在。

第二个理由是，凡是世界上存在的东西，敲击它一定会有声音，光没有声音，所以不存在。

第三个理由是，光用舌头尝不到，品味不出来。

第四个理由是，光用鼻子闻不到，不知道是香的或是臭的，所以不存在。

他用这四个理由来证明光是不存在的。

他常常去找村民辩论，村民没有思想、没有学问、也没有逻辑可以和他辩论，但是他们却天天可以看到光，因此村民都很烦恼，不知道该怎么办才好。有一天，佛陀到这个村子来说法，村里的人就把这个雄辩的思想家带到佛的面前，请佛证明给他看。

佛陀就说："光明是存在的，对于一个瞎子，是无法向他证明光明是存在的。但是有一个方法，我知道在离这里一百里外的地方，有一个非常高明的医生，你们把他带去那儿医疗，说不定可以治好他的眼睛。"

于是村民就把盲思想家带到医生那里，经过几个月的治疗，终于使他的眼睛恢复正常，让他看到了光明。在那一刹那，他感动得掉泪，怪不得那些村民没有办法证明光的存在，因为光的存在是没有办法用摸、听、尝、闻去感觉的。他很快地跑到佛的前面，说："世尊啊！现在我终于知道光是存在的，我也终于了解为什么村民没有办法向我证明光存在的理由。"佛就告诉他："是啊！光是没有办法用语言来证明它的存在的，但是一个人看到光，不需要证明就知道光的存在。"

一灯能照千年黯

因此，一个人要知道光明的存在，只要张开眼睛，而不是去学习光明的理论。心的光明也是这样，唯有在内在里燃起光明才算真正接近了光明。因此佛才说："自灯明，法灯明。"一个人只要点亮了内在的光明，万法自然就光明；万法光明，内在自然就光明了。所以光明并不是一个特别的东西，而是要在原来的无明上点灯，就可以看清楚光明的存在。不管房子经过了几千年的黑暗，只要一点起灯，马上就得到了光明。

一个人的命运好或不好，唯一、简单的方法就是在内心里点灯，把好的品质点燃，把光明点起来，业就得到改变，命运也随之得到改变。所以佛经上说："一灯能照千年黯。"

我认识一位雷久南博士，她是美国的生化博士。她在美国办了一个"琉璃光养生中心"，并且写了一本书叫《身心灵疗法》。这本书就是在说明一个人怎样使他的身体和灵性都处在一种非常好的状态，她有一个理论是：一个人如果有一个好的灵性和品质，那么他的心就会感到喜悦，心喜悦的人就不会生病；灵性差的人，他的心就会闭锁、忧郁、不喜悦，身体就自然而然会产生毛病。

她用了很多方法证明，当一个人身体发生毛病的时候，一定是在灵性或心理上出了问题；一个人可能因为长期的郁悒寡欢得癌症，也可能因为生活动荡不安而得糖尿病，这些理论在我的新书《欢喜自在》中也有提到。所以一个人决定要有什么样的将来，在于如何关照他的灵性的品质，把不好的提升为好的，使身体、心灵得到统一而走向好的道路。

然而，怎么样在无明中点灯呢？有四个非常简单的方法可以打开无明的窗子，那就是"闻、思、修、慧"——听闻、思维、实践、开启。

闻——听闻别人的智慧

在《华严经》上曾经记载，有一个年轻人叫善财童子，他如何经过一段很漫长的参访过程而得道，变成一个很有智慧的人。我们可以说，善财童子是一个要找寻光明智慧的年轻人，他跟随许多善知识学习，这就是《善财童子五十三参》。他每碰到一个人，都会向那个人请教光明和智慧之道，而每一个人都告诉他不同的智慧和方法。为什么？因为这个世界上的每一个人都是不一样的。

在我的人生经验中也有过这样的例子：记得我年轻的时候，有一次到澎湖的大仓岛去，这个岛很小，居民只有两百多人，六十几户。从澎湖到大仓岛，退潮的时候没有船可以搭，要从海上涉水过去，海水就浸到胸部的地方。

夏天的时候，我跟随一个渔民到海里去捕鱼。那一次我们是去捉鱿鱼，捉鱿鱼要用一个网，中间放一个灯叫做"聚鱼灯"，放下去后鱿鱼就会游来。每撒一次网大概要五十分钟的时间，撒下去后就等着鱿鱼游进网里。等了很久，等得快睡着的时候，时间到了，当我们把网拉上来一看，差点昏倒，里面只有三只鱿鱼。等了五十分钟怎么才捉到三只？唉！渔民的生活真是太辛苦了！当时我心里觉得很难过，可是那个渔民却开心地说："哇！这三只配烧酒刚好。"马上把鱿鱼捉下来，当场就吃掉了。

又下了一次网，五十分钟以后再捞上来，一看，五只，那个晚上撒了无数次的网，渔民、他太太和我三个人工作了一个晚上。隔天把捉到的鱿鱼载到马公卖掉，正好买两瓶米酒。哎呀！这样辛苦的生活真是让我心中太感慨了！怎么可能那么久才捉到三只呢？可是那个渔民安慰我说："不是每天都这样子的，因为每一次下网，你都不能知道网拉上来时会有多少只。"他也曾经有一网就捞起五百多斤鱿鱼的纪录，啊！这个时候就是丰收。

他又告诉我一个体验：作为一个渔民，只能尽他的能力每天下网，而不能期待每一次下网就要捞起多少条鱼。这给了我很好的启发，那时我正立志要当一名作家，我因此体会到一个道理：作为一个作家，在写作的时候正如同渔民一样，有时候只能一次捉到三只鱿鱼，却不能因为这样而放弃职责，说不定哪一次捞起来就会有五百斤。

类似这样的经验，善财童子经验过很多，他访问了渔民、农夫、妓女、卖香的人……从他们身上学到很多的智慧。他整个学习的过程就是"闻"的过程，听闻别人的智慧。我们要常常去听闻别人的智慧，因为每一个人在他的经验里总有许多不同的、特别的智慧。

不久之前，我到屏东去，听到一件很感人的事。各位都知道屏东的林边生产一种叫"黑珍珠"的莲雾，它并不是一种特别的品种，可是却特别甜、特别脆，在任何地方都卖得很贵。为什么会有黑珍珠莲雾呢？有个种莲雾的人告诉我，有一个人把莲雾种在离海岸不远的地方，有一次刮台风的时候，海啸冲上来，冲到他的莲雾田里面。那一天他心里又沮丧又难过，想到他的莲雾一定都死掉了；因为海水涨上来，地都变成咸的，理论上莲雾一定会死的。结果，莲雾不但没有死，那一年生产的莲雾反而特别甜。奇怪，原因在哪里？他就想，可能是因为海水的关系，是不是可以把莲雾田再往前推向更靠近海的地方？

他动了这样的意念，便把莲雾田移向更可以感受到海水和海风的地方，结果没想到莲雾真的都变得很甜，硬度也比一般的高，附着力也很够，那是由于要对抗海风的缘故。

这件事给了我们一个很好的启示：一个人如果可以对抗不

好的、黑暗的、恶劣的环境，说不定就可以在心里也长出如黑珍珠莲雾一般，更坚强、更甜美、更能够抗拒任何困厄的力量。

在恒春地方也有一种茶叫做"港口茶"，这种茶也是种在海岸上，茶叶比平常的乌龙茶叶大一倍，也厚一倍，摘下来时好像仙人掌一样。这种茶叶很特别，为什么很特别？因为它生长的土地充满了盐分，它要与这种盐分抗争，所以就长得像仙人掌一样；同时为了要忍受海风的侵蚀，所以味道也非常强悍。

恶劣的环境可以考验一棵植物，恶劣的环境当然也可以考验一个人。多年前我第一次喝到港口茶的时候，心里非常震动，这么好的茶居然没有人知道！

去听那些内在的智慧

听听有智慧的人怎么说，听听大地怎么说，听听我们所碰到的因缘怎么说，这就叫做"闻"。你要在别人见不到的地方去听到那些内在的智慧，这时，就要把每一个人都当成是我们的老师。

在日常生活中，你怎样来挑选一些东西呢？你应该听听那些有经验的人的说法。譬如说，你要买柳橙，不知道怎么挑，你可以问卖柳橙的老板怎么挑，他就会告诉你：把柳橙拿起来，看屁股上有个圆钱状的记号，那就一定甜。我们在听闻的过程中，会学习到很多的智慧，而这种智慧正是通过别人的生命所开发出来的东西；这种好的东西就值得我们去品味，而当我们懂得去品味好的东西的时候，就能够分辨出好的或不好的品质。

有很多人喜欢喝茶，你怎么知道茶是好的或是不好的呢？很简单，你只要问有经验、有智慧的人，久而久之你就懂得要怎么挑好茶而不会上当。

我们要怎么知道东西的好坏呢？譬如说舞蹈，记得大陆舞蹈家杨丽萍来访问的时候，我去看她表演，看完以后非常感动，没想到一个人可以把身体变得那么柔软，让大家感动、震撼。当你看到一个好的东西的时候，你可以跟坏的东西比较。好的品质是可以学习来的，你可以从学习中分辨，从而在生命里建立起一个好的品质。如此一来，坏的、无明的、黑暗的东西很快就会被看清。一个人一生中为什么需要很多好的品质？譬如说佛、菩萨、宗教、文学、艺术、喝茶等等很多很好的东西，可以提升我们的灵性，那是因为这些东西是可以用来照亮我们的无明的，可以使我们内在的种子呈现出光明的特质。

今天我们之所以没有变成完美的人而诞生在这个娑婆世界里，那是由于我们过去的种子没有通过学习而得到一个彻底光明的品质，我们带着很多很多缺陷诞生到这个世界里来，这些缺陷都变成这辈子黑暗的力量，无明就是莫名其妙来自黑暗的力量，莫名其妙地捆绑我们、使我们烦恼的力量。

现在我们知道了，每一个人的一生都是来学习的，经过无数次的轮回来到这个世界学习。学习什么？就是学习灵性的提升，使我们的种子更好，将来得以投生到更好的地方去。"闻"的意思也就是在我们还不够好、智慧还不够高的时候，能够很谦卑地学习别人的光，打开窗，让别人的光明透进来。

佛经上说："文殊遇缘则有师。"文殊师利菩萨只要遇到因缘就有他的老师。每一个因缘都是我们的老师，有时候可以听听看小孩子怎么说，因为他也可能开发我们。

思——深入无明并觉知无明

第二个在无明中点灯的方法叫"思",思考、思维。先想想看为什么别人的灵性比较高?为什么别人有光明的品质?其次要思考的是,可不可以使学来的智慧或光明变成自己的。"闻"是打开窗子让光明进来,但这也可能有危险,还得要外面是白天才行;晚上的话,外面仍然是黑暗的。所以为什么要思?是因为即使在黑暗里面也可以点灯,使光明变成自己的。那么,当我们听到别人教导时,就要加强自己觉知的能力,去深入问题的所在,让问题显现出来,然后去思维它;当我们看到无明的本质时,我们也就可以觉察黑暗是不好的,但光明和黑暗却是同一个来源。

譬如说,我很恨一个人,现在我们开始来寻找这个恨的起源,如果你深入去寻找,你就会发现,哎呀!不得了,原来我是爱他的,因为爱和恨是同一个起源,它来自相同的地方,不会有一个东西是单独、特别展现出来的。

当我们生起了一个贪心的念头，就该知道，贪心和放下其实是同一个起源的。

关于这一点，我曾经有一个非常好的体验。有一次，我的小孩不听话，我处罚他，罚他在冰箱前面好好忏悔。结果他跪在冰箱前面痛哭，哭了半天，突然跑出来，说："爸爸，你知不知道，眼泪是咸的?"我说："知道啊!"看到他那么严肃，我大吃一惊。他看我的表情好像不是很相信的样子，又说："你不信? 要不然你吃吃看。"然后他就抹了一滴眼泪给我吃。哦! 果然是咸的。接着，他又问我一个问题："你知不知道，眼泪为什么是咸的?"我呆住了，说不知道。他就很郑重其事地告诉我："我知道，因为眼泪是从心里很咸的地方流出来的，所以是咸的。"啊! 听得我感动得不得了，当场发誓从今以后不再处罚他。

也就是说，当我们去寻找愚痴的时候，最后会找到智慧，因为愚痴和智慧在同一个源头，这个世界所产生的东西都在一个源头。如果没有一个黑暗的、无明的力量，那么我们永远无法体验到真实的光明。你要在黑板上写字，就必须要有一个黑板，你才能在上面写白字;你要看电影，就必须把电影院的灯熄了才能看清银幕。这都是相对的。一个人要生过病才能体会到健康的重要。倘若没有黑暗和无明的烦恼，我们就没有办法去寻找光明的品质，所以我们要以黑暗和无明作为我们的老师，当无明现起时，去看看它、思维它，怎么来？怎么去？

有个西藏的喇嘛告诉我，西藏人都很害怕贪、嗔、痴、慢、疑，而这其中最厉害的就是嗔——生气，因为一生气，情绪就会爆发出来，不能压抑。因此西藏人有一个习俗，就是生气时不发作，先绕着房子跑三圈，跑完后喘着气就忘了生气。如果跑的时候发现房子很大还会很感动，想到房子那么大，还要生什么气？如果房子很小，也会想到该努力去赚钱，使房子变大一点，光生气有什么用？在这个时候，无明生起又落下，这就叫做思维，思维我们的无明。

如来的八个老师

在佛教中有部经典叫做《八师经》，讲到如来以八种法为师，这八种法就是——杀生、偷盗、淫邪、妄语、饮酒、老化、生病、死，这些坏的东西都是如来的老师。

譬如说，如来看到别人杀生就会有所体验，而学习不要去杀生；看到偷盗的人得不到好的果报，也会有一个好的体验，学习不要起盗心；看到有人饮酒、胡作非为也会有好的体验。常常有人问我："为什么如来禁止人饮酒？"如来就是因为看见别人饮酒，产生不好的迷乱现象，所以禁止人们饮酒。虽然酒是素的，还是要禁止，因为酒喝下去以后，会做出很多荤的事情来。

如来也以老人为师，有的老人非常慈祥、非常有智慧；有的老人非常愚痴、非常讨人厌，甚至更贪心、更傲慢、更嗔恨。哎呀！多么可悲啊！这样无知的老人也是我们的老师，他会在我们的眼前提醒我们不要变成那样。

如来以病、死为老师，立刻有了很好的体验，他观察到无常。无常是不能预知的，不知道在什么时候会显现，它也是我们的老师，提醒我们活着时就要好好活着；看到人死了，想到有一天我们也会死，希望在死之前能做那些有灵性的学习，这个老师在这时候就非常的有用。

所谓的思维，就是用无明来作为我们的老师，达成我们止观的方法。一个人如果不停下来思维，那么他的心就不会静止，就不能观照他的生气从哪里来，贪心、愚笨从哪里来，这时就要用思维来反观如何突破无明的障碍。

修——实践菩萨的六度万行

接下来的方法就是要实践，也就是"修"。当我们"闻"学习到了，当我们"思"也体验到了，接着就要去做做看，看用什么方法去改革我们所学习到的智慧。关于修，经典里把它分成六部分——布施、持戒、忍辱、精进、禅定、智慧，这又叫"菩萨六度"。而我把它称做"可以实践、提升我们内心品质的六种方法"，我们可以去做做看，看它将为心性带来什么样的改变。

譬如说布施，如果你从来没有布施过，你就不知道布施可以使我们的灵性有什么样的改变；假使你没有持戒，你也不可能知道持戒可以使心灵得到什么样的好处。

譬如说忍辱，并不是要将自己弄得很痛苦，而是让自己有颗包容的心。有一次我在百货公司看到一位卖化妆品的小姐埋着头在写字，脸上表情很痛苦。我走过去看她在写什么，原来她在一张纸上写满了同样一个字，那个字就是"忍"，一把刀插在心上，简直太痛苦了！这就不是忍辱。忍辱的状态是一种包容的、欢喜的状态，因为别人无法做到这样的境界，自己可以做到，所以感到欢喜。

至于精进，就是努力地、积极地去实践光明的事情。禅定就是使内在止息，观照内心的品质，智慧就能得到开发。这些实践的方法，就是为了改变我们的内心。

从前有个富人，当他的财富累积到最富有的时候，却使他感到困惑、痛苦，原因就在于他可以买到世界上所有的东西，但是所有他认为珍贵的东西他都买不到。譬如说，有钱买不到爱情，有钱买不到道德，有钱买不到友谊，有钱买不到正义、关怀、快乐……买不到所有最好的东西。所以很多很多有钱的人都很不快乐、很烦恼、很痛苦，与其做个不快乐的有钱人，还不如做个快乐的穷人。

有一天，这个有钱人就想，他一定要用钱去买那些大家都认为买不到的东西，最后他决定要去买快乐。他就把所有的财富换成一袋珠宝，带着这个袋子出发去买快乐。出发时，他对自己说，只要有一个人在一刹那之间能使他完全被快乐充满，我就把这个装满珠宝的袋子送给他。

可是他走了很久，却找不到一个人可以卖给他完全的快乐。于是他越来越痛苦，发现钱越来越没有用。每一个人在一生当中，也许都能体验到，钱有时候是十分无能为力的。

后来他听说在某一个地方有一个非常有智慧的人，他就赶快跑去找那位智者。当他跑到智者的面前时，智者正在一棵大树下休息。这个有钱人就跟他说："听说你是一个很有智慧的人，只要你给我一刹那完全充满的快乐，我就把这一袋珠宝送给你。"然而这个智者不理他，继续坐着休息。

富人一再求他，智者忽然站起来，抢了他的珠宝就跑。哇！这个有钱人当场大惊失色，因为快乐还没有买到，钱就被抢走了。他在后面一直追，一边追，一边哭。哎呀！等绕了好大一个圈子之后，又回到了原来的那棵树下，只见这个智者把珠宝挂在树上，躲到了树后面去。

哇！这个有钱人冲到大树前，他把珠宝拿下来，抱在胸前，想到这些珠宝终于又回到自己的身边。这个智者从树后出来，说："你刚刚那一刻，内心是不是充满了完全的快乐？现在把珠宝给我吧！"然后智者就把珠宝拿走了。

慧——完全融入喜悦之中

我们看到这故事的整个过程，树还是树，有钱人还是有钱人，珠宝还是珠宝，但他却有了一个不同的体验，就是那完全被快乐所充满的一刻。所谓的实践、修行就像这样，事实上就是让光明来充满我们，而不是让我们变成一个特别的人。如果一个人曾经有那么一刹那，正如佛经上所讲的"三昧现起"——正觉、正定、正受，法喜充满，那一刹那充满的状态，虽然我们仍是同样的人，背负同样一袋子人世的困扰和烦恼，但是只要在内心得到一个非常好的、完全融入的喜悦、快乐的充满，我想，从此就不会失去内在光明的品质了。

当光明的品质被掌握，曾经有过三昧、曾经有过法喜、有过禅悦、曾经在修行的过程中有过很好的体验，那么，一个人的佛性就会自然地流露。所以说，布施就是慈悲的自然流露；持戒就是清净的自然流露（一个持戒的人，自然就会守很多的戒律和规矩）；忍辱是无争的自然流露（不跟世界对立，看所有的事物都是好的，没有抗争的心）；精进是超越的自然流露（超越原来的品质，使现在的心比前一刻更好）；禅定是静心的自然流露（任何时候能够保持静心的人，在任何时候也都能进入禅定的状态）。禅宗里的许多禅师，在不同的时空、情况下得悟，有的打破杯子得悟，有的被推下悬崖时得悟，有的用石头打中竹子得悟……不一而足，为什么他们会在那种时刻悟道呢？那是因为那一刻他们是处在一种纯然的、静心的禅定里面，而不一定是坐在蒲团上才有这种静心。

我常常鼓励在家修行的家庭主妇，历史上有许多禅师，在不同的时刻以不同的方式开悟，但是还没有一个是在炒菜的时候开悟的，如果能够使自己的本性时常处在清静的状态，或许你就是第一个炒菜开悟的人了。

智慧是广大的自然流露。一个人的胸襟要广大，那么智慧就会自然流露。也可以说，让我们内在好的品质自然地流露出来，使身口意都处在清静的状态，那就是修行。

打开光明的窗子

一个人可以听闻别人的智慧而打开自己的窗子；一个人可以在内在里生起光明去思维；一个人可以去实践、修行，这些都是通向智慧的道路，也就是随时可以把窗子打开，随时把灯打开，走到哪里，哪里就是亮的，因为内在已完全被好的品质或光明所充满。一个有智慧的人，我们可以说他是光明已经确定的人；他的光明的思想、光明的语言、光明的行为自然流露。一个人有智慧，就是由这种光明散发出来的，并不是他有什么特别的地方。因此任何人都可以有智慧，不管他的身份、地位，过什么样的生活，都可以使他的思想自然地流露出来，只要在他的内心已做了光明的改革。也可以说，一个有智慧的人的特质，就是光明的特质。

这种特质，具备了五种美好的东西：第一种是真实；第二种是善良；第三种是美好；第四种是庄严；第五种是喜悦。我们可以通过佛或是菩萨的雕像看到法相庄严的美好，那种样子就是由智慧所展现出来的。

当你看到一个人愁眉苦脸、垂头丧气，就算他告诉你，他是个有智慧的人，你一定不相信，因为真正有智慧的人一定是抬头挺胸、非常光明的。我们可以看到，历史上的那些禅师，每一个都是非常有体力、有活力、抬头挺胸，没有一个祖师是在愁眉不展下突然开悟的。

我们知道，如果我们的窗子保持一种好的品质，就可以被打开，窗子打开的房子，视野就会非常开阔和广大，可以看到很远的地方、很美的风景。如果一个人住在地下室，那是很可怕的，因为没有窗子；而一个人若住在高楼，就会有很好的视野，打开窗户，就可以看到白云飘过，看到雨落下来，看到蝴蝶飞过去，看到很多很美好的东西，然而不开窗就永远看不见。也可以说，无限的清静，就从开窗子的那一刹那开始奠定，无限的清静就是涅槃。当你打开窗子，发现万法光明，这时候无明就不在了。

《华严经》把这个世界分成三个世界，第一个世界叫做"器世界"，也就是物质的世界；第二个叫做"有情世界"，也就是情感的世界；第三个叫做"正觉世界"，即正确觉悟的世界。光明的世界就是从有情世界通向正觉的世界，使我们有一个正向的、觉悟的、光明的品质来看待世间的一切事物，这种看见或体验，就是通过闻、思、修、慧不断地去体验而来的。

因此，《心经》上的第一句就写着："观自在菩萨，行深般若波罗蜜多时……""行深"这两个字用得多好，它就是：走到最深的地方，智慧就可以得到开发。一般人虽然一样过日子、过一生，但都是在最浅的地方，若是要做一个有智慧的人，就必须走在更深的地方。所以《心经》的最后说，有一个咒是无上咒，是大明咒，是无等等咒，是一切咒的最根本的东西，它说：

揭谛揭谛波罗揭谛波罗僧揭谛菩提萨婆诃。

很多人都不知道这是什么意思，"揭谛揭谛"，梵语就是"体验再体验"；"波罗揭谛"是"体验到最深的地方"；"菩提萨婆诃"则是"唯一走向彼岸的方法"。哎呀！可见体验是多么的重要。无论在任何地方，都可以使你的心焕发出光明的状态，可以常常保有喜悦的心，不会被外在的东西动摇。这就是喜无量心，喜悦无边无量，完全不会被改变。这时候就可以说是完全从无明的黑暗里走向光明的世界。所以无明和光明，事实上只隔着一扇窗。让我们一起来开这扇窗，一起来正视我们过去或是此刻正在经验的美好时光，让它来充满我们。

第五讲·悲哀是慈悲的根苗

前几天碰到一位朋友的太太，我问她："我送你十张演讲的入场券，你怎么都没有来听？"她回答说："因为琼瑶的《青青河边草》太精彩了，我如果去听演讲就看不到了。""真的有那么好？"我又问。她表示，那悲哀的剧情令她十分感动。

后来，这位太太到我家来做客，恰好《青青河边草》要开演，她赶紧要了一盒面纸摆在面前，一边看一边哭，看完后她告诉我："看别人悲哀也是件很愉快的事。"这是个有趣的现象——看一件悲哀的事却使我们得到一种愉快的经验，可见悲哀与愉快可能是一回事，不是两回事。

这出连续剧我虽然没有看，有时候家人正在看时，也会瞥见一些，不是打，就是哭。有一次我出外去买牛奶时，荧幕上有一个女人正在哭，返家后再看电视，那个女人还在哭，而且角度都没有变，这一哭大概有二十分钟吧。我问孩子："这是怎么回事，一哭哭了二十分钟?"我的小孩向我解释，已经有好些人轮流哭过了，只是现在又轮回来她哭了。你看，电视剧里的人生是多么激烈、多么悲哀！而这些悲哀无非是为了娱乐观众，为了使我们看了之后觉得欣慰："到底世上有比我们更悲哀的人呀！"这时，可能激发我们对悲哀与慈悲的看法。

悲哀是生命的针

　　为什么悲哀是慈悲的根苗？一个人年轻时不太容易感受到生命的悲哀，一直到步入中年，渐渐地就会有深刻的体悟。什么叫悲哀？在第一讲曾谈过"痛苦是伟大的开始"，悲哀与痛苦不同，《说文解字》上说："悲是痛也，有声无泪曰悲。"用闽南语"要哭没目屎"来说较为传神，亦即欲哭无泪，这与痛苦有些差异。什么是哀？"哀是忧也，悲伤不已曰哀。"台湾有句俗谚"伤心甲未哺豆腐"，即是最佳写照，伤心得对做任何事都没兴趣，连咬豆腐都咬不动，就是悲伤不已。

　　痛苦是生命的铁槌，突如其来的一槌会令人心痛；悲哀是生命的针，稍微被戳到就会隐隐作痛，你可以忍受，但它是一种长期的酸楚，与痛苦仍有不同。可以说，悲哀是慢性的，痛苦是急性的，通常急性病易治而慢性病难疗。因此，悲哀总会使我们活得不快乐，活得无可奈何，并且看不到生命的曙光。

　　为什么年轻时较中年时不易感到悲哀？有几个原因：

第一，在年轻时代人人都认为生命是可以追求完美的。我们会去追求完美的爱情、友谊、事业，然而，经过时间的验证，只要你被抛弃几次就会发现世间没有完美的爱情；朋友背弃或给你沉重的打击，你就会醒悟人生没有完美的友谊；当然，完美的事业也是不可能的。

这个世界不完美的原因有二：一是我们看世界的眼光不完美。记得小时候如果考试成绩有一科是红字，纵使其他学科都考满分，父母眼中先看到的仍是不及格的那一科，于是免不了拿出棍子，一顿兴师问罪。奇怪？为什么他们只看到坏的一面而未发现好的部分？

有一回，我的成绩单上除一科一百分，其余皆是红字，父亲见状，马上准备请我吃一顿"竹笋炒肉丝"（闽南语，意为"拿棍子打"），我立刻声明其中一科考一百分。"一百分是啥米？一枝藤条、两粒卵，炒番仔姜我嘛呣未落（闽南语，意为"拿来炒辣椒我也吃不下"）。"父亲说完，结结实实打了我一顿。大人为什么不能用好的眼睛来看世界？一旦你有些微的缺陷，通常会很快地被看见，因为大多数人都是用不完美的眼光看世界。那么，假使面前有一面镜子，你能从中看到完美的自己吗？我想，大部分的人看到的都是不完美的自己。

二是世界本来就不完美。人生在世即使尽了一切努力也不可能达到完美之境，这是一个悲哀的实情。年轻时我们幻想有一个理想的世界，等待我们去追求美好的爱情、家庭、健康以及事业。但是，逐渐地，我们会在现实中感觉到一切的追求——破灭，进而理解到完美与现实是无法并存的。如果深入现实就会理解："完美是不存在世间的一种幻象。"这时，我们就会生起对人的悲哀感觉，亦即残缺之感。

释迦牟尼佛称这个世界为"娑婆世界"，就是不圆满、不完美、差堪忍受的世界，也就是介于极乐与地狱间的世界。处身这样的世界，会使我们在人生追求中感到疲倦、沮丧、无奈、失败以及不安。这是人生所以悲哀的第一个原因，生活在这世界上，不论花多大心力追求，都不可能找到完美。

生命的有限与渺小

第二个悲哀的原因是，感受到了生命的有限与渺小。生命的有限与渺小就是无常。在二十岁的时候，很少有人想到过自己会死，到了四十岁时，便由面对长辈或同辈的死亡中，越来越感受到生命的有限，并理解到有一天自己也会死。这是一个很大的悲哀，然而很少有人愿意去正视。

今年过年时我曾回旗山乡下居住，亲戚朋友知道了纷纷来看我，其中有位远在六龟的亲戚还开了一小时的车来，进门第一句话就问："阿玄仔！有的人学佛两三年就能知过去与未来，你学佛学了那么久，会不会知道？"我回说："当然知道。"他一听，说："没想到你也知道。"

于是，他迫不及待又问："那么，你知道我的未来会发生什么事吗？"

我说："未来你会死。"

他闻言，怒不可遏："这每个人都知道，何必你讲！"

接着，他又说："好吧！那么你知道我的过去发生过什么事吗?"

我便回答他："过去你出生在这世界，经过很多的痛苦、烦恼与不安才活到现在。"

这下，他更加恼火，丢下一句："你说的这些我统统知道，枉费我大老远地来看你!"说完，拂袖而去。

我看着他的背影，不禁感到伤心。这是人生中两个非常重要的东西，但是，告诉别人却没人愿意听。

未来我们会死！没有人可能长生不死，纵使让你活到两百岁也是很悲哀的，搞不好还被送到故宫博物院去展览哩！过去呢？过去，每个人都经验过许多的痛苦、烦恼与悲哀才活到现在。这是人生里两个最重要的实相，若想得到智慧，一定要对这两个实相有清楚的思维与认识。生命的有限与渺小每天都在我们的身旁上演，以致使我们感到生命的悲哀。

麦当劳爆炸案隔天，我在报纸头版看到警员杨季章殉职的新闻，报上登了四张照片：第一张是他穿着防爆衣准备拆炸弹的样子，看起来很冷静；第二张是个未爆炸的绿色茶叶罐；第三张是他躺在担架上被推上救护车的情景；第四张则是爆炸现场。看了这些照片，真是令人十分震惊，这位警员在拆炸弹前一分钟被记者摄入镜头时，完全不知道下一分钟这枚炸弹会爆炸，而他的生命会结束。人生不就是如此？没人可以预知下一分钟会怎么样，因为人实在非常渺小。

另外，中和自强保龄球馆一场大火烧死十九个人，报道说，最后一批乘电梯逃生的人，在电梯抵达一楼时，因为门打不开，这七个人惊惶之下用尽全身力气，终于把门打开了。报道又说，若在一般情况下，以七个人的力量是无法打开电梯门的。这则新闻使我产生一个疑问——万一门拉不开，那么，生命是不是可能就在一两秒钟结束了？人生是多么有限与渺小啊！举凡报纸、电视、亲朋的对谈中，我们都可感受到生命的有限和渺小。

有一个人唱卡拉OK唱到一半，忽然倒地不起，众人过去搀扶他时，发现他已经死了。那首歌前一句和后一句尚未接上，他的生命就结束了。另一则也是从报上看来的新闻，有个人在路边买了一包槟榔，才嚼了两颗，立刻死在路边。死因十分离奇，警方可能要验尸，不过，我知道原因，因为每一棵槟榔树上都会有一颗"倒吊子"——所有槟榔都是往下长，只有其中一颗是向上生长的，这颗槟榔的威力较其他槟榔强上几十倍。我在乡下的老家也种槟榔，每当采到这颗"倒吊子"通常立即丢弃，可是有些人不懂，往往会采下混入其他槟榔中，若有人吃到就会有生命危险。在此奉劝四十岁以上的人士少吃槟榔，以免发生不幸。我有位弟弟在十八岁时因为吃到一颗倒吊子，当场昏厥，三小时后才醒来。

万物实在奇妙，为什么独有一颗槟榔会向上长呢？这是槟榔的自卫天性，当鸟儿啄食槟榔时，常会选往上长的那一颗，吃了立即死亡，其他的鸟见状便不敢再吃槟榔了；人类亦然，如果看见有人因吃槟榔而当场死亡，我们就会有所警惕。

报纸或电视报道的意外事件，事实上说明了一个共同结论——每一个人都会死，而且不知道在什么时间、什么地点会死。生命实在太渺小、太有限了，这是人生里的第二个悲哀，不管多么努力地拓展人生，依然摆脱不了这样的现实。

觉知到生命的缘起缘灭

　　第三个感觉人生悲哀的原因是，觉知到生命的缘起与缘灭。生命是一连串的因缘组成的，这个因缘不断地在起灭，没有固定的面貌，也就是说因缘是"不永恒"的。在座的各位和你邻座的人都是有因缘才坐在一起，待演讲结束，每个人各自离去，因缘也就散了。真实的人生就像这样，人人都有一个位置，旁边坐着许多与你关系亲密的人，大家一起看《青青河边草》，哭得死去活来，有一天人各一方，因缘就散了。这是人生中一个重要的实相——没有一个永恒的因缘，包括我们的父母、夫妻、儿女，将来都会分离，这就是"爱别离"。因缘只要起了就会消灭，想想实在悲哀。

　　这无须体验高深的道理，从日常生活的小事我们便可体会到，因缘是随时在散灭的。你不妨回去翻出旧相簿看看，将会发现，相片中你穿的那套衣服已不知流落何方，站在你身旁的朋友如今不知去向，甚至你记不得这张相片是在哪里拍的，实在很可怕。那个人不知道跑到哪里去了，而那个人正是你。这就是一种缘起缘灭。

有一年教师节，我的大弟弟结婚，由于我家兄弟姐妹很多，所以最后一位的婚事在家乡非常轰动，宾客人数颇为可观。因为我的父母亲各有九个兄弟姐妹，这些亲戚齐聚一堂，数目和台下听讲的朋友差不多。喜宴进行中，我的母亲站起来，说："咱很久没斗阵（闽南语，意为"相聚"），趁这个机会，大家吃饱后做伙（闽南语，意为"一起"）来摄一张家族的相（意为"照片"）。"

这个提议简直太棒了，大家反应热烈，一致通过，并且赶紧打电话召摄影师带最大的底片来。但是，人太多了，光是排队就排了将近一小时，最后，我的八十高龄的舅舅受不了了，说："不拍了，太啰唆!"母亲便劝道："大家稍忍耐一下，因为咱子孙多，互相没熟识，要是有一张家族的相挂在厝内，就可以知道这是某某人。"大家只好继续忍耐，这时，母亲又说了一句台湾俚语："一代亲，两代表，三代散了了。"听了感触良深。第一代是亲兄弟，第二代成了表亲，到了第三代，恐怕在街上也互不相识了。面对面时都不知道对方是你姑婆的孙子，这就是一个因缘生起与灭去的实相，在人生中你很容易体验到，并且不断地上演。

有一次，我在忠孝东路散步时，刚走到延吉街口，从延吉街冲过来一个十七八岁的少女挡住我的去路，她一把拉住我大叫："叔公！"

我吓一跳，自己有那么老吗？便问她说："你有没有认错人？我还没做叔公呢！"

"你是林清玄吗？"我点头。

"那么你是我的叔公没错。"

我又问："你是谁的女儿？"

于是两人站在街口，开始分析我们的关系，追究了半天，原来她是我表哥的孙女儿，而她的曾祖父是我的舅舅。这种状况台湾话讲："菜瓜藤去结到肉豆须（闽南语，意为"纠结在一起分不开"）。"光是弄清楚这层关系就花了半小时，好不容易搞清关系，她匆匆留下一句话："不好意思，我和人约好看电影快迟到了，改天见面再聊吧！"就跑走了。

我望着她的背影，心中非常震撼，我想到这个孩子从出生到十七岁，我们都没见过面，好不容易在街头偶然相遇，把彼此的关系理清楚后，她却走掉了，这一分手可能这辈子我们再也不会见面了，因为我们甚至忘了互留电话、地址。这实在是件很悲哀的事。

人生是不可管理的

将人生的空间与时间拉长，我们将会发现人生活在世间的因缘，就如开着车与另一辆车错身而过那么紧急。或许你现在看八十年、五十年或四十年是个不短的时间，然而当你将时空放大，可能在你还来不及叫对方名字时，他的车就开走了。这种悲哀代表的就是：生命是缘起缘灭的，因缘是不可预测的。

几天前我到台湾大学企业管理研究所演讲，讲到一个重要的观点："人生是不可管理的。"真的，人生是不可管理的，因为因缘随时都在变化、不可预测。

有一年，台湾发生一起很大的火车相撞事件，莒光号与自强号在造桥段相撞。翌日我在《联合报》边栏看到这样的报道：有位乘南下莒光号的少女在车上睡着了，当两列火车相撞那一刹那，两车的车窗玻璃都碎了，这名少女从莒光号弹出，越过自强号车窗并稳坐在自强号的座位上，这时她才醒来，正纳闷时，发现是火车相撞，可是她毫发无伤。每次在紧急或意外事件中，总有人死里逃生；每次在很好的事情中，总有人跟不上，因为因缘是不可预测的。

在前面也曾提到一个例子，慈济功德会有一年中秋，组团从南部到花莲去见证严师父，晚会结束后，该团要从花莲折回南部，途经台东时有一辆车撞上他们的游览车，双方下车吵了半天，见无大碍又上车继续往前驶。不久又被一辆小客车撞上，免不了又是下车一顿争执，此时，前方五百米的地方突然山崩了，以致三十多辆车落入海里（至今仍未寻获），正在吵架的游览车司机与小客车驾驶当场互拥，庆幸道："多谢你来撞我，不然后果可能就不堪设想了！"假使没有山崩，两车相撞是不好的，但是，如果前面会有山崩，发生车祸反倒是好事一件呢！这就是因缘是不可预测的。

我们都不知道明天会发生什么样的因缘，好的因缘不能久驻，人往往希望珍惜好的因缘，但是，很可能一分开就永远不再碰面了；其次，我们都希望坏的因缘不要再发生，但常常不能如愿。这是人生里的第三个悲哀。

懂得悲哀的人是心思柔软的人

在实相上，人生是非常悲哀的，基于前述三个原因：生命是不完美的，生命是非常有限与渺小的，好的因缘不能久驻。生命的缘起缘灭，自此可以得到印证。

那么，悲哀和慈悲有什么关系呢？在佛教里，慈叫做"予乐"，悲就是"拔苦"，悲哀与慈悲在本质上是相同的，一个是受苦，一个就是拔苦。一个体会到人生非常悲哀的人，比较容易了解什么叫做慈悲；一生中从未体会过悲哀的人，就不会知道慈悲的必要。

懂得悲哀的是心思柔软而细密的人，因为可以体会自己的悲哀，所以能够感知他人的悲哀；一个人如果全然不知自己的生命是悲哀的，对别人的悲哀必然也是无动于衷的。

其次，能悲哀的人是爱心还没有死的人，也就是还有情感的人。世上有太多人一过中年就麻木了，当他看到悲哀的事时，非但不会感动，也不会流泪，因为爱心已经死了。所以说，能悲哀的人是表示爱心还没有死的人。

再者，悲哀可以使我们的生命深刻。未曾体验过悲哀的人生，生命就不会深刻；也可以说，悲哀是菩萨的本质。《大品般若经》中有一位"常啼菩萨"，又名"常悲菩萨"。为什么名为"常啼菩萨"？原因有三：

一、他一出生就感受到生命的悲哀，所以常在啼哭。

二、他在成长过程中看到世间人受到各种苦恼，所以常常悲哀哭泣。

三、他生于无佛之世（一如我们现在生存的世间，过去的佛已死，未来的佛尚未诞生），常感痛苦与疑惑，不知用什么方法修行，也不知有什么方法可以解救众生，所以常在啼哭。

常啼菩萨曾在树林里忧愁啼哭七天七夜不止，哭到感天动地，天龙鬼神也为之动容，并引导他到两万里外去见昙无竭菩萨，然后得到他所传的法。由于这么会哭，当时忧愁林中的天龙鬼神便封他为"常啼菩萨"。

这个故事给我们的启示是，会啼哭不是不好的事，可以感动流泪不是不好的事，因为一个人能知道感动流泪之处，那么也就知道自己的"自性"显露之处。所以，要常检验悲心是从何处流露出来的，悲心的流露就是菩萨的本质之一。

释迦牟尼佛在一生中常常讲述西方极乐世界、东方净土、兜率天以及十方诸佛的国土，希望大家去往生，但是他很少讲到地狱的情形，除了《地藏经》中提到一些之外。

有一天，有位弟子问道："为什么世尊都讲极乐的情形，而不谈地狱的悲惨以警惕众生？"据经典记载，每当释迦牟尼佛谈及地狱的悲惨景况，在场菩萨全都身毛皆竖、呕心泣血、心肝碎裂，因而他绝少提及地狱的情况。我读到这段经典时，非常感动。这些菩萨都是这么容易悲哀、感动的人，可见悲哀与感动并非不好的事。

不只是菩萨如此，释迦牟尼佛本身也是这样。有一部大乘经典——《悲华经》中曾记载释迦牟尼佛前生的修行：

某次寂意菩萨问佛陀："世尊，世界上有那么多清净的佛土，为什么你要选择在这污秽的娑婆世界成佛？"

释迦牟尼佛说："我之所以选择在这个不清净的国土成佛，是由于大悲心及前生的誓愿。"

寂意菩萨又问佛陀前生的誓愿，佛就说："很久很久以前，有一个国王叫无诤念王，他有位大臣叫做宝海。无诤念王发起在净土成佛的誓愿，宝海则发起五百个大愿，愿在五浊恶世与众生同悲哀、同痛苦才成佛。无诤念王后来被宝藏如来授记，就是'阿弥陀佛'（因为阿弥陀佛在净土成佛，一般人常念阿弥陀佛，希望往生净土）。宝海因发心勇猛，愿与众生同悲共苦，宝藏如来便称他'大悲菩萨'，授记他在成佛时名为'释迦牟尼佛'。"释迦就是"能仁"，牟尼就是"寂寞"、"心念寂灭"之意，我将"能仁寂寞"翻成"能够忍住悲哀的寂寞而对众生有慈悲的心"，所以悲哀是菩萨慈悲的根本。

悲哀与慈悲是一线之隔

在《华严经·普贤行愿品》里有一段这样的经文：

因于众生而起大悲，因于大悲生菩提心，因菩提心成等正觉。

所以，悲哀与慈悲只有一线之隔。

何谓悲哀？"私心"谓之悲哀，"利他"则称为慈悲；如果你在很悲哀时生起利他之念，悲哀立即转化成为慈悲。因此，悲哀是慈悲的根苗。

那么，如何从悲哀的根苗长出慈悲的树、开出智慧的花、结出佛道的果实呢？有四个方法，在此以四个字囊括，就是"悲、智、行、愿"，也就是如何使一个悲哀的人，通过这四个方法变成慈悲、有智慧、能实践、有愿望的人。

悲——有怀抱众生的悲情

第一是悲。要有怀抱众生的悲情，认识到这个世界是不圆满的，是随时在缘起缘灭、有限且渺小的，而世界众生和我一样必得经历这些。不管处于何种状况下，我们要常常心系众生。

我住在大楼的十五楼，每次站在阳台上看这个城市笼罩在一片黑烟中，想到众生居住在这样的地方，不知道在追求什么，不由得生起悲哀的念头，所以，我的案头有这样的座右铭：

在红尘里要有独处的心，

在独处时要有红尘的怀抱。

有一天，大雨滂沱，我信步走出家门，发现街道上行走的众生都没有欢笑，这个世界为什么这样悲哀？老天会下雨有两个原因：一是众生是非常悲哀的，众生所流的泪就如天上的雨一般多；我们居处的地方之所以下雨，即是因众生有太多的悲

194

泪。极乐世界是不下雨的，天上飘下的都是莲花、曼陀罗花……

其次，倘若众生的悲泪可以转化成菩萨的悲心，那么，下雨也就是菩萨悲心的感召，当你有这种念头时，就可以常常怀抱众生。

《华严经·离世间品》中谈到，菩萨要常怀十种众生的悲哀而生起慈悲的心。我将之译成白话：

一、看到众生无依无靠而生起慈悲的心。

二、看到众生身心不调而生起慈悲的心。

三、看到众生贪求无厌、失去善根而生起慈悲的心。

四、看到众生沉睡昏迷、不知觉悟而生起慈悲的心。

五、看到众生做不好的事而生起慈悲的心。

六、看到众生被欲望捆绑而生起慈悲的心。

七、看到众生在生死的大海载沉载浮而生起慈悲的心。

八、看到众生常生病、痛苦而生起慈悲的心。

九、看到众生没有求善法的愿望与想法而生起慈悲的心。

十、看到众生在佛法中退转而生起慈悲的心。

由此可以归纳出一个结论：看到众生的悲哀，想要去拔苦、给他快乐，而生起慈悲的心，这种悲哀到慈悲的代表，就是“观音菩萨”。据经典记载，观音菩萨是慈悲的象征，他可以生出千手、千眼，且有千处祈求千处应的悲心。各位注意观音菩萨的雕像便可以发现，它的一只脚盘起来，另一只却伸出去，这就叫做观自在，用意即在能及时起身解救众生之苦，这种时时感受到、听闻到众生求告的声音，就是"千处祈求千处应，苦海常做渡人舟"。

如何使悲哀转化为慈悲呢？佛教有《因果七重要道论》，提到一个人如何由自私的悲哀转为利他的慈悲，并且提供了七个简单的方法。

196

七个转化的方法

一、确认一切有情皆如我的父母。我们常说菩萨要"无缘大慈，同体大悲"，但常限于口头上说说而已，并非身心感到所有众生都是我的父母。当我们把时空、因缘放大，一个人投生于现世是由于无始劫的轮回，在这无始劫以来，我们曾有过千千万万个父母，因此经典里要我们常做如此观想："一切男子是我父，一切女人是我母，我生生为之受生。"由此我们才可以知道何谓"无缘大慈，同体大悲"。两个众生在街头偶遇也是艰难的，经过无始劫与漫长时光，两个人在某处擦身而过，这种几率太小了，我们要常做如此观想，珍惜这种机缘，凡在我身旁、眼前的人，都要把他们当父母看待，确认一切有情皆如我的父母。

二、要专注于对父母的慈爱之上。因为视众生如父母，所以我们要孝顺他、慈爱他，一如对待父母般专注。母亲节时，记得买一朵康乃馨送给妈妈，但是也要做如此观想："愿这朵康乃馨可以献给全天下的母亲，愿全天下的母亲在母亲节时，都能得到一朵康乃馨。"

三、产生回报的意念。今天我们之所以存在，是非常不容易的奇迹。《华严经》中也说："一毛孔中有三千大千世界，一念遍满无量劫。"一个人现在存在是因在无始劫以来，有很多很多的父母曾抚育、关怀过我们，所以，我们要产生回报的意念。

四、去爱我们所认识的有缘与无缘的人。

五、去慈悲。

六、要有非凡的行为，因爱和慈悲而产生勇气。为了护卫众生，需要有勇气。

七、由于利他的意图而发起成佛的愿望。

以上七个方法中，最重要的第一个是"确认一切有情皆如我的父母"，因而要了解慈悲的真意，必须常常思念母亲的爱。我读证严师父演讲集时，读到过一个非常透彻的观点："母亲的爱就是菩萨的爱，菩萨的心就是母亲的心。"我们常不远千里地去求菩萨，其实我们的身边就有菩萨——那就是我们的母亲；以对待子女的心对待众生，就是菩萨的心。各位是否发现，不论观世音菩萨、文殊师利菩萨、普贤菩萨……大部分形象上都是女性，因为只有母性才能表现菩萨的爱，而且这些菩萨都是"妈妈的样子"，如果有人将菩萨雕成少女的样子，显然他是雕错了。一旦有了这样的念头，我们就知道如何去对待众生、感恩众生了。

母亲的爱之所以可代表菩萨的爱，是因为母爱是无染、无条件、永不改变且永不退转的，与男女间的情爱截然不同。麦当劳爆炸案事件发生时，我们经常会在电视上看到主嫌犯陈希杰的母亲，每次听到她的声音都使我感到心碎，不管她的小孩儿做了什么，这个母亲的声音依然非常慈悲："希望你不要做傻事，赶快出来投案。"我想，陈希杰、杨季章及李建中的妈妈，不论她的小孩儿是嫌犯或警察，母亲的爱永不改变，一个人要学菩萨的爱，就得先学习母亲的爱。

智——观察与思维的能力

第二是智。"知"、"日"谓之"智","知"是理性的态度，"日"则是内在的光芒，兼具二者的人，我们称他为"智者"。当我们悲哀时，不要失去观察与思维的能力，佛经里有一部《道论与地论》，其中谈到六种思维悲哀可以生起智慧的方法。光靠转化成慈悲来因应悲哀仍是不够的，必须进一步从慈悲中生起智慧。这六种方法包括：

一、要思念伤害我的人是不由自主的。由于他是环境与烦恼的奴隶，我要对他生起悲悯而非怨恨的心，否则我将和他一样落为烦恼的奴隶。

二、我现在所受的伤害并非偶然存在，而是一种果报。或许从前我伤害过他，如今自己才会受伤害；唯有这种观点才可彻底宽恕。如果你从未做过那样的因，今日就不会得到这样的果。

三、报复就是在他的仇恨上加更多的仇恨。慈悲的人通常是不会这么做的。

四、一切的法都在变灭。所以苦乐爱恨并无实体，对于没有实体的东西，不断地去感受它的悲哀是愚笨的。

五、我的忍耐会加强我的道心，成就菩萨的庄严。忍耐可以累积我成道的决心，所以我要学习忍耐。

六、我曾立下誓愿为众生发慈悲心，当然也包含那个使我悲哀、流泪的人，所以我不应该恼怒。

每个生命的悲哀都可触发我们的觉悟与智慧。佛教里有一位伟大的文殊师利菩萨，有人问他如何变得有智慧，他说："遇缘则有师。"每个因缘都是我的老师，因此，文殊师利菩萨可说是智慧的化身。

行——慈悲喜舍的实践

第三是行。行即是实践。如何实践？当我们发现世界原是悲哀的之后，无须强化它。假使我们在内心、语言及行为上感到悲哀，悲哀就会不断地加倍；因此，增加内心悲哀的感受，对于悲哀并无助益。举个例子，看到别人生病便发誓与他一起生病，结果是从你悲哀、生病到死，生病的人也不会更健康，这与跟随悲哀的感受去悲哀一样。实践的意义是，当悲哀产生时，找出原因并去除之。在实践上有三个原则：

一、尽可能地保持快乐。在佛教里称为"保持喜心"，所以菩萨要有慈、悲、喜、舍四无量心。不论遭遇多么悲哀的事，仍要保持喜悦之心。

二、保持幽默感。这个世界已经够悲哀了，若你每天唉声叹气、言语无味，将会非常可怜，不知活着有什么意思。

三、要有游戏的心。一个人身处逆境时，如果能实践，帮助众生，那么，自己与众生的悲哀便能得到转化，做义工或行善都是很好的转化途径。悲哀最坏的情况就是以寻死之心活在世上，如果知道随时可死，且因缘随时都会消灭而以寻死的心活着，那么世间就没有真正悲哀的事了。

我曾写过这么一个故事：从前有对夫妻因为遭遇太多人生悲苦而想要一起寻短，商量了半天，两人决定以绳子绕过屋里的大梁，再拿两张凳子，一人站一边，打算一起吊死。正要搬凳子时，响起一阵敲门声，应门一看，发现是位二十多年未谋面的老友，只好暂时搁下寻死的事，和朋友聊起这些年来的际遇悲欢。聊着聊着，完全忘了要死的那回事，一直到半夜朋友告辞后，夫妇俩站在门口呆住了，这时，太太说："其实不死好像也没有那么严重，如果我们可以以寻死的心活在世上，那么就没有渡不了的难关了。"于是返回屋里将绳子解下来。

宗演禅师教给我们一个很好的观想："每天晚上睡觉前观想：这一睡下去就不会再醒来，把从前的一切忧伤都放下吧！"真的有可能会一觉不起吗？根据统计，在台湾每天晚上有三百多人躺下去，第二天再也没醒过来。每天临睡前做这样的观想可使我们睡得更安心，因为把每天晚上都看成是最后一夜，自然不会去想还有谁欠我们的债没有还的烦心事。那么，第二天早上醒来又该做怎样的观想？宗演禅师说："第二天早晨醒来，有如朝阳冲出山谷来承担人生的责任。"一个人如果每天做这样的练习，以寻死的心活着，那么，在这世界上就没有真正不能度过的悲哀。

愿——永远怀抱美好的愿望

第四是愿。愿的代表人物是地藏王菩萨，在所有佛教经典的记载中，地藏王菩萨是最悲哀的一位菩萨。在他的前世里，他的母亲死后下地狱，于是他便下地狱解救母亲，并发三愿：一愿天下人都不要再下地狱；二愿凡已下地狱者都能获得解救；三愿地狱不空，誓不成佛。这种强大的愿力实在非常伟大。

虽然人生在世非常悲哀，也不至于像下地狱一样悲哀；虽然不及下地狱般悲哀，但也要永远怀抱美好的愿望。慈济功德会曾经有一个活动叫"预约人间净土"，就是对人间有个美好的期待，永远怀抱清净、美好的愿望。什么是"愿望"？"原"、"頁"谓之"愿"（"願"），也就是原来、最初写在心上，希望贡献给世界的那一页。当我们从自我的悲哀发起这样的祝愿，愿天下人都可以得到快乐、光明，往更好的道路去走的时候，这时我们就完成了菩萨的四种本质：慈悲、智慧、实践与愿望。

慈悲是菩萨的根苗、智慧是茎、实践是花、愿望是果，这就是菩萨行的道路。当我们感受人生悲哀时，人生是黑暗的；当我们从悲哀中生起一念，希望拔除别人的悲哀，希望别人从此不再受苦，就如在黑暗的屋子里升起一道闪光，突然看清内在的光明。常常升起这样的闪光，表示不断地走向光明的道路，不断地向光明移动，同时可使我们在悲哀时还保持最光亮的慈悲心——这是生命中最重要的训练。

一个人在悲哀时如果悲哀不能得到转化，将使他陷于痛苦，想要使悲哀转化就是不要受第二支箭。打开屋内的灯照亮黑暗吧！黑暗与光明不是对立的，在同一个空间里，打开灯即是光明，没有开灯即是黑暗；悲哀与慈悲也一样。因此人生里有悲哀是好的，它正是我们感受屋内的黑暗、寻找开关的机会。

《维摩诘经》记载，舍利弗问维摩诘：“你为什么不在净土修行，而要到污秽、悲哀、痛苦的人间修行呢?”维摩诘居士反问：“当太阳升起之时，黑暗在哪里?”舍利弗答：“当太阳升起时，黑暗就不见了。”于是，维摩诘说：“我从光明净土投生黑暗的娑婆，为的是来照亮世界的黑暗，并非来与这世界一起败坏、一起黑暗的。”这段对话教人十分感动。所以，我们在这世上要做一个点灯的人，来照破黑暗。假使人人皆有慈悲心，能互相协助、体贴，共同度过这些悲哀的岁月，那么，“预约人间净土”将是有可能的，并且可以作为大家最真实、最深刻的愿望。

第六讲·迷失是觉悟的开关

当我们想到一个观念或一个事件，而被它们往前拉得不能自主或没有办法中途跳开，这就叫做"迷失"；当我们觉得终于可以自主、看得清楚实相的时候，就叫做"觉悟"。

从佛教的观点，"迷失"就是不能如实地觉知事物的真相。反过来说，如果在迷失的时候能够有所觉醒，能够看清事物的真相，那就叫做"觉悟"。

能够看清事物的真相，能够觉悟，并不一定能使我们开心。举一个简单的例子：不久之前我和两个朋友——一个是画家，一个是摄影家，三个人跑到北海岸去玩。我们到了一个村庄就开始拍照的拍照，画画儿的画画儿。

忽然间听到那个摄影家大叫一声："哇！白色的蝴蝶！"然后他就跳起来往海边冲过去。而我和画家朋友，都觉得很奇怪，海边怎么会有蝴蝶呢？

顺着他跑的方向看去，咦！发现真的有一群白色的蝴蝶在海岸上飞。哇！当时我们两人非常吃惊，海边既没有草也没有花树，怎么会有蝴蝶在那儿飞呢？我们看着摄影家的背影一路跑过去，他并没有停下来拍照，就一直跑到蝴蝶当中去，然后呆呆地站在那儿看。最后他抓了一只蝴蝶回来，本来去的时候跑得很快，可是回来却是慢动作，垂头丧气地走回来。怎么会这样呢？我们都觉得更奇怪，跑过去问他："喂！蝴蝶拍到了吗？"

他把手一张开，原来是一张白色的纸片。原来那些白蝴蝶是一些垃圾纸屑，被一阵旋转的海风吹起来，远远看就像一群白色的蝴蝶在飞。这就使我们想到，这个摄影家真是笨，如果他不跑过去，而和我们一样，保持这样的距离，留住这样的美感，不是很好吗？把这原以为是蝴蝶的纸片带回来，也把我们的兴致都破坏掉了！那一天我们都很颓丧地回家了。

看清人生的真相

　　这就是看清人生的真相，它不一定会使我们快乐，所谓从迷失到觉悟就是使我们看清人生的真相。一个人看清真相就好像照镜子一样，一朵玫瑰花在镜子面前，镜子就会照出玫瑰花的样子；一团粪便在镜子里，照出的也就是一团粪便的样子，不会把玫瑰花照成粪便，无法看清事物的真相。

　　这样讲起来还是很玄，到底什么叫做"迷"呢？简单地说，"迷"是"米"和"辶"合成的。闽南语就叫做"车倒米瓮仔"。如果你家的米缸装满了米，不小心被踢倒了，就会很麻烦，必须扫很久才扫得干净，并且车倒的米也舍不得丢掉，当时的心情必定是很坏的。

　　"觉"则是不管在任何时候，都清楚那个米缸的所在，不要去踢倒它。一般人总是要在翻倒一次米缸后，才会注意以后要小心，不要踢倒米缸，或是换一个稳固一点的容器，才不会再那么麻烦地扫米。因此，迷失和觉悟之间，并不是那么截然划分的，这种知道米不要泼倒就叫做"觉"；从此不要再把米泼倒就叫做"悟"。

什么又叫做"迷失"呢？一般的概念都是很模糊的。经典里把迷失分为三个层次：第一个叫"迷心"；第二个叫"迷情"；第三个就叫做"迷境"。

第一个层次是"迷心"，迷心就是习气的迷失，习气是从我们遥远的前世到出生到现在，一直带在身上的东西。根据《大日经》的说法，迷心是由于过去世的执著和思想而产生的特质之一，由于每一个众生过去的执著和思想不同，这一辈子的迷失也不同，这种习气的迷失，大概可分为五类：贪、嗔、痴、慢、疑。

例如，有的人不贪，但容易生气；有的人不贪不嗔，但很痴情；有的人不贪不嗔不痴，却很骄傲；有的人则很铁齿，怀疑这个世界上一切的事物。每个人的习气都不同，这种习气从小孩子时就可以看得出来，一直延续到长大。虽然每个众生的习气特质不同，但是大部分的众生都是五毒俱全的，只是轻重有别。因为我们都是经过一个无限的时空，才投胎到这个世界，在遥远的前世里我们已经沾染了许多习气了，当一个众生的心被迷转的时候，是毫无所觉的。

例如，麦当劳爆炸案的嫌犯陈希杰，当我看了报道以后心里觉得很难过，看他长得一表人才，很斯文的样子，头脑又好，自己会制炸弹，也会用电脑打恐吓信，英文也说得十分流利。奇怪，像这么好的条件，如果愿意努力工作，要赚六百万元在台湾并不是很困难的事。可是为什么他不肯好好工作呢？那是因为他的心被迷转了！

一般人的心常常会有这样的状态，只是心在被迷转时，没有去实践罢了。譬如，在生气到极点时，也会想到要杀人，却不会真的去做，因为并不是全迷，完全被迷掉。譬如，我们也会有贪心的时刻、嗔恨的时刻、痴心的时刻、傲慢和怀疑的时刻，只是我们的习气没有大到使我们的心完全迷转。因此当我们看到一个人的心被迷转的时候，应该有所悲悯，因为我们的特质也是一样的。

我们有时也会有这样的情况，每次去银行，看到人家端出来一大沓新台币，看得心里怦怦跳，想到要是能把它背回去该多好！但我们并不会真的去做，因为心没有完全被迷掉。可是有的人看到别人手里的钱就完全不知道自己在做什么了！

在前面提到的一个笑话说，一个人当街抢黄金，被抓到警察局去，警察就问他，为什么胆子那么大，竟然敢当街抢黄金？他说："当时哪里有人？我只看到黄金，并没有看到人呀！"一个人被迷转时，就是像这个样子，他会想：自己是一个很聪明的人，做一件坏事一定不会被发现；街上那些指挥交通的，或是走来走去的警察看起来都好像笨笨的，怎么可能抓到我呢？

但是，这其中有一个很重要的观念是，从相对观点来看，一个很聪明的人去做坏事，去抓他的警察通常也会很聪明，至少比他聪明一些。任何一个人都不可能逃出因果的法则，高明的罪犯，会有更高明的人来克制他。所以，当我们的心要起迷转之时，必须要顿时生起一个念头来制止，这一念就是"觉"。

眼目鼻孔在别人手里

对于那些迷失心性的人，我们也要在适当的时候，让他们能够觉悟，减轻那种在迷转中陷入的念头。

"迷心"在禅宗里叫做"眼目鼻孔在别人手里"。《楞严经》里有一则故事：有一个人叫做演若达多，有一天，他起床的时候照镜子，哎呀！他看了吓一跳，因为他只看到自己的眉毛、眼睛、鼻子、嘴巴，却没有看到自己的头，奇怪，头怎么不见了？他很紧张，急急忙忙冲到外面找他的头，这就是迷心的状态。

自己有眼睛、鼻子、嘴巴，但自己不知道，还要扛着自己的头去找自己的头。这个故事是个象征，对于一个迷失心性的人，就好像没有头的人、无法做主的人。

心的迷转大多是前世累积的，有许多小孩子在成长的过程中，受过很好的教育，过很好的生活，但长大以后也会迷失心性，因为在他诞生的刹那，就已经具足。就好像一颗榕树的种子埋在地里，长大以后并不会变成松树一样。有一次，我参加一个教育座谈会，许多教育专家发表言论。轮到我发表的时候，我就说，教育在基本上有两个很重要的观点：第一个看法是，好的小孩教不坏；第二个看法是，坏的小孩教不好。当场好几个人昏倒在地。从佛教的观点看，种子确实是很难改变的。这就叫做"迷心"。

第二个层次是"迷情"，就是欲望的迷失，也就是五蕴的迷失。五蕴就是财、色、名、食、睡——财物、美色、名声、食物、睡眠（住所）。众生由于欲望的迷失，执著于拥有更多这些东西，可惜这些东西都不可能永远存在，它很容易消失、败坏，可是大部分的人都信以为真实而迷失，这就叫做"迷情"。

以财物来说，如果贪财的人就会有钱，那么这个世界上每一个人都是有钱人。可是财物是无法算计而得到的，它并不真的属于我们。有句台湾话说："你写整篇也比不上天公随手画一撇。"你写了很多的生涯规划，也比不上天公在你的命运册子上随手画一撇，因为你再努力、再贪心也没有用。

钱财在佛家的观点上看是一种福报，有福报的人通常不是很努力地赚钱就会很有钱。有的人一生下来就悠哉游哉，可是却很有钱，有些人拼命赚了一辈子钱还是很穷苦。任何财物都是由福报创造的。当我们在情欲中迷失时，却不能了解到这一点，而做出恐吓、抢劫……所有不是由福报累积得来的财物，都会很快消失。

有一次，我从电视上看到一个关怀儿童义卖会的报道，看到喜美汽车董事长黄世惠的夫人，当场捐出一千一百多万元，张小燕小姐请她上台致辞。她讲了一句话非常好，她说，她觉得"会布施的企业都是能赚钱的企业"，让我听了很感动，这就使我们了解，钱财是由福报产生的。

第二个使我们迷失的欲望就是美色。当我们看到美丽的人，都会怦然心动，但是通过几个检验可以知道，美色其实是不可靠的。首先，每一个人都想娶美丽的太太或嫁英俊的丈夫，但是不管娶多么美丽的太太或嫁多么英俊的丈夫，看久了都会觉得很普通。这真的很奇怪！而不管多么丑的人，看久了也会觉得很普通。因此，美色好像也不是那么特别惊人，非得去要它不可，因为看久了其实都一样。

其次，这个世界上，美丽的太太或英俊的丈夫，使人不幸福的比例比普通的人多得多。再者，如果美色的拥有不是自然或正常的，而是犯了淫邪那就更惨，你可能因为这个美色杀人或被杀，甚至自杀，这是非常可怕的。当我们了解到美色其实不是恒久的，多美丽的女人或多英俊的男人，到了年纪大时，一样会衰老、变丑。有句话说："自古英雄与美人，不许人间见白头。"只不过，当人被欲望迷失时，就看不清自己。

不值得的生命追求

第三个使我们迷失的是名声。像我现在很有名，坐在火车上都有人认识我；到市场买花，别人买四十元，我买却要五十元，因为不好意思杀价。有时候我会对认出我的人开玩笑，说："我是林清玄的哥哥。"他们就说："咦，怎么长得那么像？"其实，名并不是真实的我，因为在这个世界上，如果有十万个人知道"林清玄"这个名字，那么"林清玄"就有十万个，可是事实上我只有一个，这个我只有我才能认识，如果为了这个虚妄的名声，为了迎合别人而奔波，就十分不值得。

有一次我到美国迪士尼乐园，看到很多很多有名的人在台上表演，一个叫做"米老鼠"，全世界没有人不认识他；一个叫做"唐老鸭"；一个叫做"白雪公主"。哎呀，当我坐在台下看他们表演的时候，心里非常震动，为什么？因为这些在台上的人，他们的名气多么大，可是却都是假的，是想象的产物。当我们认识到这一点时，就会知道，在这个世界上的名，其实是不值得用生命去追求的。

我在年轻的时候，用过三十几个笔名写文章，别人却并不知道这个文章是谁写的。文章只有好跟坏，不会因为它是谁写的就一定好或一定坏，所以不要被名的欲望所迷失。

第四个使我们迷失的是食。我常讲一般人吃东西的感受，从舌头到喉咙，一共只有十五厘米长，不管吃什么，吞到肚子里其实都一样。一个馒头五块钱，或一桌酒席五万元，感觉都只有十五厘米，吞到肚子里也只是会饱而已，然而大部分的人都为了这十五厘米的感觉在卖命。白天拼命赚钱，晚上去吃一桌酒席，把钱吃掉。

前几天就有一个朋友告诉我，他去吃了一桌酒席三十几万。唉！我就跟他说，怎么不留个一万块来救济我呢，多浪费啊！为了这十五厘米，你就可能要去奔波赚钱，甚至可能做坏事情来为这十五厘米效命。

第五个使我们迷失的是睡。睡觉是很好的，很多人都会想睡觉多好，最好是每天都不要起来。但是如果规定我们每天都要睡二十个小时，就会感到非常痛苦了。睡觉没有好坏，可是众生都喜欢休息、睡觉、无所事事。

记得有位法师曾讲过一个故事，他以前在读佛学院的时候，每次如果有学生太晚起床，佛学院就处罚学生晚上要跪香忏悔，等香烧完了才可以去睡觉。这就叫做"跪香"，大家都引以为苦。

那时法师就想，"跪香"这么好的事，怎么可以用来处罚学生呢？他就告诉自己，如果以后办佛学院，一定不会用这种方法处罚学生。后来他办了佛学院，学生犯错，早上太晚起床，他就罚他们晚上吃完晚餐以后就去睡觉，不准起来。

哇！大家都觉得太痛苦了，因为躺在床上睡不着，也不知道要做什么。等到处罚时间一过，可以不用那么早睡觉，大家就感激得要命，赶快去忏悔。

在佛教中讲到，休息和睡眠并不是那么重要的事，一个人如果要觉醒，一定要减少睡眠，常常保持在清醒状态。甚至修行很好的人，有很多都是不睡觉的。我们很难做到那样，只要能按时起床，那就很不错了。

圣严法师讲过一句很好的话，他说："忙人时间最多。"哎呀，我们都觉得这个人很忙，一定很辛苦，其实越忙事情做得越多。而闲人看起来有很多时间，可是他的时间最少，因为他什么事都没做。

这些就是五蕴的迷失，也就是欲望的迷失。

感官的六种迷失

　　第三种迷失叫做"迷境"，也叫做感官的迷失。什么叫做我们的感官呢？那就是"眼、耳、鼻、舌、身、意"。什么是眼睛的迷失呢？前阵子我从报纸上看到一则报道很有趣：有一个歌手叫做曹松章，他失明了十一年，不久前复明，看得见以后，当医师拿镜子给他照自己的脸时，他大吃一惊，十一年留在他脑海中的自己是年轻的，这时候一照，却变得这么老。我们每天照镜子，并不觉得自己慢慢地在老化，所以眼睛是不实在的。

　　之后，他看见平常熟悉的几个朋友，像曾庆瑜、澎恰恰等，也都不认识。因为在他的想象中，和他所看到的完全不一样。他说，在他的想象里，澎恰恰是非常英俊的。

　　他复明以后要走路回家，可是却回不了家，只好又回到医院，闭起眼睛开始算，走二十五步向左转，再走五步向右转……嘿！张开眼睛果然就是家。闭着眼睛走反而比张开眼睛走的时候顺利。他张开眼睛以后，居然发现自己不会弹吉他，要闭起眼睛才能弹，因为睁开眼睛看吉他时，会看得头昏眼花。

眼睛所看到的其实是一个骗局，我们看到的，并不如想象中的世界那么真实。譬如说看电影、电视，事实上这些银幕、荧光幕里的节目也都是骗局，因为那些本来都是不存在的，由于放映，才让我们感觉它存在。

莲池大师曾经讲过眼睛的骗局，他说："近观山色苍然青，其色如蓝。远观山色郁然翠，如蓝成靛。山色非变，山色如故，目力有长短。由近渐远，易青为翠，由远渐近，易翠为青。时常更换，是由缘会。"（《竹窗随笔》）远近不同，颜色就不同，所以眼睛是不实在的。因此，如果我们要凭眼睛去判断一个人的好坏，很容易会受骗。这就是感官的第一个迷失——眼睛的迷失。

第二个叫做耳朵的迷失。我记得小时候曾经和父亲到台南一个很大的公园"秋茂园"去玩，那里面有一个孔雀园养着很多孔雀。那是我第一次看到孔雀，哎呀，当时看了简直感动得不得了。看孔雀开屏看得正入迷的时候，一只开屏的孔雀突然叫了一声，哇，怎么那么难听？那么美丽的孔雀怎么叫出那么难听的声音？比鸡叫还难听。哎呀，这和原先的想象差别太大了。

　　另外一件事就是，我以前住在台北安和路时，常常在半夜三点钟听到鸟叫的声音，那只鸟的叫声很大、很尖，常常吵到我的睡眠。我就想，这到底是什么鸟？因为大部分的鸟我都可以听出它们的叫声，可是这只我却听不出，不知道是什么鸟。

　　有一天半夜，我又听见这只鸟的叫声。于是，就循着声音的来源去找，最后找到那一家。我就按了电铃，那家主人来开门，问我什么事？我就问："你家到底是什么鸟在叫？"结果他牵出来的是一只猴子。

　　哇，怎么差那么多？这就是声音的骗局。耳朵听到的是不真实的，我们听到一个人跟我们讲好的话，这可能不是真实的，我们所听到的一切也都可能不是真实的。它有可能使我们迷失。

　　第三个是鼻子的迷失。譬如说，夜来香白天也很香，但为什么我们白天闻不出来呢？那是因为白天的时候，我们的鼻子迷失，我们被所闻到的很多很多的味道所迷惑。如果有机会，你在白天的时候，拿一把夜来香，很专心地闻闻看，一定可以闻出它的香味来。

　　所有的花都一样，像桂花、七里香，白天、晚上都一样香，但通常只有在晚上的时候，我们才闻得到，因此，如果靠鼻子来判断实相是非常不真实的。舌头也是一样，身体、意念都是一样。然而，当一个众生在感官里面迷失的时候，他往往以这个感官的判断来作为真相，这就叫做迷失。

而感官通常是不能作为真相的，执迷于感官是第三种迷失。

境界也容易迷失

譬如说，佛教徒最容易也最喜欢遇到的一种迷失叫"感应"或"加持"，那种力量很大，说半夜梦到菩萨现身。那我就问："为什么知道那就是菩萨？"对方就会说："因为和画儿上的一模一样。"我就说："现在这个时代，会有人穿那种服饰出来吗？菩萨也许可能穿牛仔裤或西装，若是菩萨还打扮成古时候的样子，那就太跟不上时代了。"

这可能是妄想，或是对某一种情况突然有了感应，就说是菩萨来附身。你怎么知道那是什么菩萨呢？境界低的人并不知道菩萨是什么境界，又怎么知道是什么来附身呢？所以这些可能是不真实的，必须要经过检验来证实。

有一天，有一个人跑来找我，说他一天写很多首诗，我就问他："为什么每天要写那么多诗？"他说："没办法，因为每天晚上李白都会来教我写很多诗。"哇，讲得活灵活现。一个晚上可以写七八十首，真是太厉害了！这可能是李白没错。

可是把诗拿来一看，咦？李白怎么可能写出这么没水平的诗？我看不是李白，可能是李黑，不然水平怎么会那么差？这就是意念的迷失。

加持或感应并不是没有，但是要抱持一个清楚的态度，才不会被迷惑，像台湾民间的说法，一个人如果不信鬼神，不信佛菩萨是不对的，这样的人就叫做"铁齿"。铁齿的人就是那些要亲自看见才会相信的人，要经过眼、耳、鼻、舌、身、意或接触到才会相信。这是不可能的，如果要靠感官才来相信，那是错误的，靠感官而不信也是错误的，因为感官不能判断事物的实相。

譬如说，要看到佛菩萨才肯相信有佛菩萨的存在，那么你从来没有去过非洲，又怎么相信有非洲的存在？你也许会说："因为有人去过。"那这个世界上有太多人不能见到或不能去到的地方，怎么看清它的存在？也可以说眼见、耳见、鼻见、舌见、身见或意见都不能作为真相的凭证，我们应该要有检验的精神。

但是检验时也不能太冒险，我记得以前念书时曾读过一首诗：

公毋渡河，

公竟渡河；

坠河而死，

　　当奈公何？

　　这首诗的意思是说，在楚国有一个人，他徒步过一条大河，他的太太在后面追，叫他不要过河，因为河水太深。他不听，还是要过河，最后淹死了。旁边的人见到水那么深，也叫他不要过去，他偏偏不听，因而纵然大家很清楚地看见他淹死，但是又奈何呢。我们可以说这个过河的人就是"迷"；而旁边看得很清楚的人就叫做"觉"。

觉悟不是特殊的目的

什么叫做"觉"？觉字下面是一个"见"，看清楚。"觉"就是为了要看清楚"悟"，"悟"就是"我的心"，"觉悟"的意思就是"看清楚我的心"，从迷失中看见我的心就叫做觉悟。

迷失有三个层次：迷心、迷情和迷境。要突破这三个层次有很多很多阶段或过程，一个人若是每一次都能看见自己的习气，那就是一个觉悟；每一次看见自己的欲望，那也是一个觉悟；每一次看清自己的感官的境界，也是一个觉悟，所以觉悟是渐进的。当然也可以是立刻的，完全彻底地打破这三个层次，这样的觉悟就叫做"顿悟"。

但是，觉悟并不是一个目的，而是为了要开发人的自性和智慧的一种手段。这种开发不是凭空发生的，是从自身的习气、情欲、感官来入手，可以说迷失就是觉悟的开关。如果一个人没有感官的迷失、没有情欲的迷失或者是习气的迷失，没有一个让你看见迷失的东西，那么这个人就不可能觉悟。迷失和觉悟的关联，释迦牟尼佛在《楞严经》中举了一个很好的例子：

释迦牟尼佛拿出一条手帕，打了六个结，说明一个人的本性，原来就像是一条柔软的手帕一样，一般人之所以不能看见手帕，是因为被眼、耳、鼻、舌、身、意打了六个结，只看到结而没有看见手帕，但觉悟的人一打开就可以看见手帕。

当手帕打了结之后，就不能被当做手帕来用。那么所谓觉悟的人，其本性其实也还是这条手帕，只不过他已把这个结打开罢了。要打开这个结可以从任何地方开始，从眼睛的结开始、从耳朵的结开始……然后一个一个慢慢地打开，这就叫做"渐悟"。

如果你看到就像那些魔术师，"啪"一下，全部打开，那就叫做"顿悟"。

打开的结越多，手帕就越清楚，迷失的人就是迷失在他的障碍上，如同打很多结的手帕，第一个，它是不能用的，我们不能拿打六个结的手帕擦脸；第二个，它是不见实相的，看不出手帕原来的样子；第三个，失去手帕的功能。觉悟的人、迷失的人都是同样一个人，关键在于他们是否能够打开心性的障碍，使自己处在一种自由的状态而回到原来的面目。如何来打开这个结呢？释迦牟尼佛教我们三个方法叫做"戒、定、慧"，也叫做"三学"。今天我又多加了一个"觉"，以下我们就来谈谈这四个字——"戒、定、慧、觉"。

戒——规矩单纯的生活

一般人提到戒，就会觉得它很严重、很可怕，还有很多人是因为戒而不敢去学佛的。记得我在受"五戒"的时候，有个朋友也和我一起去，师父问，你是要受满分的戒呢？或是受几分的戒？一个戒是二十分：戒酒就是二十分、戒淫也是二十分……如果怕自己守不住，可以一次一戒；也可以受二戒、三戒、四戒……我这朋友就说他要受二十分就好了，其他的就太难了。

其实，杀、盗、淫、妄、酒也不是那么难的戒，不要看得太严重。戒就是过规矩和单纯的生活，不杀生、不偷盗、不淫邪、不妄语、不饮酒，这就是规矩，也是一个人的本分。若一个人原来就有规矩、单纯的生活，守这些戒根本不成问题。不能守这些戒，是因为过着不规矩或不单纯的生活，因此便害怕去碰到这些戒。

戒是用来治习气的迷失，用来治心的迷失，因为人的习气就是喜欢贪、喜欢淫邪、喜欢妄语、喜欢刺激（饮酒），才会容易犯戒。再者，五戒并不是分开的，一个人如果生活单纯，那么五戒是合一的，能守住单纯就不会犯五戒。

有一个故事说：从前有一个人在家里喝酒，正在喝的时候，邻居的一只鸡刚好从外面跑进来。哇，他看到鸡很开心，因为喝酒正缺下酒菜。于是他就把鸡抓起来杀了，正在煮的时候，隔壁邻居的一个女人跑进来，问他："有没有看见我的鸡?"那个人骗她说："没有。"可是那个女人发现锅里正在煮一只鸡，就说那只鸡是她的，因为她认得。那个人恼羞成怒，又看那女人有几分姿色，最后把这个女人强暴了。

哎呀！这个故事中的这个人同时犯了五戒：第一个喝酒、第二个偷盗、第三个淫邪、第四个杀生、第五个妄语（欺骗）。这个故事，就是在说明五戒其实是同一个体性，是相关的，守五戒最简单的方法就是守住清净的心。一个人的心性单纯以后，定力就会增加，智慧就会打开。

台湾有句俗语叫"歹竹出好笋"，一般人都把它解释成，坏的父母亲也可以生出好的小孩儿。但它本来的意思是说，如果希望明年长出更好的竹笋，今年秋冬时就要把竹子砍了，"歹"就是砍的意思，把竹子砍掉一些，明年就可以长出好的竹笋来，因为好竹笋需要更多养料和空间，砍掉一些芜杂的，主要的竹子就可以长好了。

同样的，在生活当中，如果我们过规矩或单纯的生活，那么智慧的竹笋就会长得好；如果我们过着很混乱的生活，那么就不可能生起智慧、生起定力。

定——稳定清净的生活

第二个是"定"。"定"就是过稳定、清净的生活。六祖慧能很早就讲过，"定"不在蒲团上，"定"是一种心行，是在生活里面不散乱、不污染。所谓稳定的生活就是"止"的生活，停止无谓的生活追寻；所谓清净的生活就是"观"的生活，常常用清净心看这个世界，这就是"止观"。

"止观双运"就可以生起智慧，当一个人在心性上生起很大的定力时，那就好像大树长的根，叫做定根。我们讲一个人的定力时，通常会想到在蒲团上，也就是要训练自己的定根，使我们可以远离散乱的生活，远离污染的生活。

在这个世界上，散乱和污染的地方，譬如：酒家、赌场、色情场所……这些地方如果常去，就不可能训练出定力来。有的人认为自己不会被污染，但这是非常危险的。如果一个人可以维护身心的平衡、身心的清净和喜悦，就会慢慢产生定力，产生一种清净稳定的态度。这种定力的锻炼除了在蒲团上、佛堂里、经典中，还要深入生活的每一个层面、每一个角落。

在《坐禅仪》中曾讲到："探珠宜静浪，动水取应难，定水澄清，心珠自现。"意思是说，想要到水中取宝珠，一定要在风平浪静的时候才可以很容易地拿到；如果浪很大，风不止息，那么要取宝珠就很难了。"定水澄清，心珠自现"，一个人的定水如果澄清，内在的宝珠就可以很容易拿到。我们要过稳定和清净的生活，才可能产生定力。这就是用来对治情欲迷失的方法。

慧——广大深刻的生活

　　第三个叫做"慧"。"慧"就是要过广大和深刻的生活。一个人有了戒，便可以过单纯、规矩的生活；有了定，就可以过清净、稳定的生活，这时心珠显现了，就可以开展一个更大的时空，思维会比以前更广大、更专注，也更深刻。一个开启智慧的人和没有开启智慧的人都是一样在生活，但是他会有更广大的观点来看待因缘，而对生活有更深刻的体验。

　　所谓的智慧，就是更广大、更深刻，常常能看到别人看不到的空间，常常去思维别人触及不到的地方。有更广大的心的人会有更美好、更圆满的观点；有深刻的体验的人也可以更提升，使自己更有灵性。佛和菩萨就是具有广大的特质才显得伟大。例如观世音菩萨，它是非常广大的，譬如说，它有千手千眼，"千处祈求千处应，苦海常做渡人舟"，有一千个地方同时叫他，他就同时到一千个地方去显现，去闻声救苦，这是多么广大啊！如果是我们，只要有两个人同时叫我们，就会使我们手忙脚乱了。这就表示菩萨的心比我们广大，比我们深刻。

地藏王菩萨曾说过，它看到地狱里的众生那么可怜，便很痴情地发愿要解救他们，只要他们不得救，它就不成佛。这个愿是多么艰难！我们若是要解救以前的女朋友或者男朋友就已经很难了，地藏王是多么痴情！这就是他的体验比我们深刻。一个人要检验自己的智慧，最简单的方法有二：第一个是现在的思想有没有比以前广大；第二个是现在的生活有没有比以前有更深刻的体验。这样就能够对治我们感官的迷失。

我们常常可以在生活中碰到一些很有趣的事情或令人感动的事。譬如，有天早上，我在家后面的市场看到一个宜兰人，他摘了很多百合花在卖，插了满满的一桶，我就把整桶百合花都买了。他说，这桶百合花，他可是找了半个山头才采到这么多。当时我就呆在那里，哇！我居然才花三百块钱就买到半座山的百合花。

然后我又问他："那你为什么不把整座山的百合花都采下来呢？"他回答我："因为另一边是悬崖，不能采。"那时候我听了很开心，回去马上写了一篇文章，叫做《买了半山的百合》。当我们能够常常保持这种深刻和广大的态度时，就能够在生活的点点滴滴中看到欢喜的事情，我们的身心就可以自在，而开展出智慧来。这就可以对治我们在眼、耳、鼻、舌、身、意里的迷失。

　　"迷心"要用戒来对治；"迷情"要用定来对治；"迷境"要用慧来对治，当我们戒、定、慧都具足的时候，就可以过一个清楚、明白的生活，这就叫做觉。

觉——走向圆满的生活

一个人生活在这个世界上，如果他是一个愿意思考的人，一定都想过很多重要的问题，第一个问题是："我为什么要来到这个世界？"第二个问题："这个世界为什么这么痛苦？"第三个问题："我死了以后要往哪里去？"

如果你这些基本的问题都不曾想过，那么，现在回去就要开始想，因为这是很重要的，也是觉悟的基本问题。第四个要问："生命的价值和意义何在？"每一天都上班，一个月赚三万块，一年三十六万，哇！十年就可以赚三百六十万，那么一辈子可以赚多少？最后就死掉了！

哎呀！太可怕了！人生难道只有这样吗？这是一个非常大的挑战，人生的价值和意义何在？

第五个问题会问："我们追求更高层次的生活是为了什么？"譬如，晚上八点到九点之间，可以在家中看连续剧，为什么还要大老远跑到市立图书馆来听这场演讲？就是为了要追求更高层次的生活。

但这又是为了什么呢？看连续剧可能还更开心一点，听林清玄演讲还要面对生命痛苦的真实。当我们的智慧打开以后，对这些人生的基本问题，就会有觉悟的态度。

我们会认识到很多重要的观点，第一个观点是：一个人到这个世界是来学习的。如果依照佛教的说法，每一个人投胎到这个世界，都是经过无数次的轮回和转世，包括每一个你在路上看到的孩子，那些孩子都可能是宇宙的老人，都经过很长期的投胎。所以这个世界上并没有老和年轻之分。有的人会说，老的人比较有智慧，而年轻的人可能因为经验不足，缺乏那样的智慧。事实上不然，因为，如果从佛教的观点来看，每一个人都一样老，那我们为什么一再地来这个世界呢？就因为我们是为了来学习的。

其次，我们来学习什么？希望能提升自己的灵性，过更好的生活，希望将来能到更好的地方去。生命的价值即在开展，使人人都有更好的生活。我们之所以要有觉，除了使自己过灵性的生活之外，也要使这个世界成为好的世界，成为人人都过灵性生活的世界。那也就是一个人诞生到这个世界的意义和价值，是为了要来完成一个理想的生命。

如果，来到这个世界却什么都没有学到，最后死了，下辈子再从头开始，又是过同样的、我们现在所过的生活。而这一些我们以前也都过过了，我们以前也都已结婚生子，饱受折磨；我们以前也曾经每天上班，赶车子；我们以前也曾经时常对上司不满，被朋友背弃；我们在遥远的前世里，所有在今生经历的东西都已经经历到了，只不过我们把它忘记罢了。那忘记了要怎么办呢？只好重新开展。

有一次，一位西藏的活佛到我家里聊天时说道，他每次要死的时候，都知道将来要投胎的地方。他说："我在这个世界已经活了八百多年了。"哇，大家听了都吓一跳！活了八百多年有什么不同？他说："好像每一世都差不多，每一世都是生老病死，都是来教化别人，都是过同样的生活。"那有什么不同呢？他说："就是每一世都比前一世多加一点点，在灵性上有所提升，所以，一个觉悟的人不要渴求快速的觉悟。"

当一个人诞生到这个世界上，如果是以零分计算，那么每一世学习到一件重要的智慧，这一世就是一分，到了下一世就是两分，一百世就成佛，百世成佛其实是很短暂的时间，如果依照佛经的说法，要经过三大阿僧祇劫才能成佛，那时间就很长。所以觉悟是从每一个此刻产生一种清楚、明白的态度，通过体会，了解自己的心，且希望随时保持觉醒的观照。这就是用来对治迷心、迷情、迷境以及所有一切迷失的方法："戒、定、慧、觉。"

八种真实的觉悟

什么叫做真实的觉呢？在《八大人觉经》中讲到，一个觉悟的人必须具备的八种觉悟：

第一个觉悟叫"世间无常觉"。世界是无常的，经典上说："世界无常，国土危脆，四大苦空，五阴无我，生灭变异，虚伪无主，心是恶源，形为罪薮，如是观察，渐离生死。"

第二个觉悟是"多欲为苦觉"。欲望是痛苦的来源，所以"多欲为苦，生死疲劳，从贪欲起，少欲无为，身心自在"。减少自己的欲望，是使自己自在的方法。

第三个觉悟叫"心无厌足觉"。知道我们的心是永远不会满足的，所以要来照管我们的心："心无厌足，唯得多求，增长罪恶，菩萨不尔，常念知足，安贫乐道，唯慧是业。"菩萨不追求心的满足，而追求智慧，智慧是唯一的道路。

第四个觉悟是"懈怠堕落觉"。"懈怠堕落，常行精进，破烦恼恶，摧伏四魔，出阴界狱。"要常常去破我们的烦恼，不要懈怠、堕落。

第五个觉悟是"愚痴生死觉"。"第五觉悟，愚痴生死，菩萨常念，广学多闻，增长智慧，成就辩才，教化一切，悉以大乐。"要知道，我们的生死都是愚痴的，我们不断地投生到这个世界，不断地死而从来没有提升自己的灵性。

第六个觉悟叫"贫苦多怨觉"。"第六觉知，贫苦多怨，横结恶缘，菩萨布施，等念怨亲，不念旧恶，不憎恶人。"不要憎恨那些坏的人。菩萨的心量是非常广大的，完全没有怨恨。

第七个觉悟是"五欲过患觉"。"五欲过患，虽为俗人，不染世乐，常念三衣，瓦钵法器，志愿出家，守道清白，梵行高远，慈悲一切。"虽然我们是在家的人，但也不要被世间的快乐所污染，要常常想着有一天可以过出家的生活。心里要有不染的态度，常常保有清白的心来慈悲一切众生。

第八个觉悟叫"生死炽然觉"。"生死炽然，苦恼无量，发大乘心，普济一切，愿代众生，受无量苦，念诸众生，毕竟大乐。"

这就是《八大人觉经》的内容。证严法师讲这一部经讲得非常好，各位如果有兴趣，可以到慈济功德会请这一部经。

从这里我们可以知道，八种重大的觉悟，就是戒、定、慧的开始，那么，觉可以是戒、定、慧的开始，也可以是戒、定、慧的过程和目标。因此，我们说一个人开始追求佛道，叫做发起"阿耨多罗三藐三菩提心"，这在佛教里也叫做"正、遍、知"——正确的心、广大的心、知觉的心。这个心有三种特质：第一个是无上的；第二个是正等的；第三个是正觉的。最后证道的人也是证得"阿耨多罗三藐三菩提"。

　　所以，当一个人发心的时候，就是埋下成道种子的时候，这个时候虽然离成就还远，但性质却完全一样。也可以说，一个人如果发起戒、定、慧、觉的心，便是走向无上的、正等的、正觉的道路，也就是从迷失中走向觉悟的生活。

自尊、自主、自由、自在

要走向觉悟的生活，有三种东西永远不可以失去：

第一个是寻回生命的主体心。当我们被这个世界所转动的时候，便失去我们生命的主体，如果我们坐着不动，任这个世界去动，这个时候，我们生命的主体就产生了，于是我们也就有了自尊的态度。

第二个是要打破分别的执著。永远不要被分别心所转动，当一个人打破分别心的执著时，他就可以过自主的生活，不会受到别人的行为所左右。当一个人把人生放大以后，执著就会被打破。

第三个是开展生命的境界。每一个人的生命都一样，但是为什么有的人生命高超，有的人生命低落？那是因为他们有不同的境界，如果我们能不断提升自己的境界，就使我们能够得到更自由的心。自尊、自主、自由、自在，正是我们学习佛法的目的。

这一系列的演讲，目的就是希望把佛法落实到生活里面，而不是使佛法只是墙壁上的经书。当我们讲到要把佛法拿到生活里来用的时候，我常会想到一个例子：

记得我在接受军训时，有一个很严格的训练项目，就是要检查棉被，棉被要叠得像一块豆腐干那样有棱有角，没有叠好的人，当天中午不能睡午觉，要出棉被操。大家都很害怕，那么怎么办呢？于是大家就不敢盖棉被，把棉被叠得很漂亮，放在旁边等候检查，自己却睡在棉被旁边。

那时候刚好是冬天，冷得要命，但是为了怕压坏棉被，不敢盖棉被，每个新兵都冷得发抖。后来我看开了，怎么那么笨？棉被就是要盖的，为什么要一直把它供奉在旁边？我于是把棉被打开来盖，盖的时候心里有很大的感触，原来盖棉被是这么舒服的事！

盖了棉被之后，虽然可能第二天必须花很多时间来折，也可能检查不通过要出操，但是至少认识了这张棉被带给我的温暖。这就是把东西拿来用的根本认识。

佛法也是一样，一般人常常把佛法当成像棉被一样，摆在墙上或是供在桌子上，桌子上的佛像是佛吗？墙上的佛经是佛法吗？如果它们都不能在生命中实践，那也就像是被供奉起来的棉被一样。我们在学佛的过程中，每一个人都是新兵，是刚刚在接受训练，既担心又害怕，把所有的举止动作及周遭所发生的事都看成是罪业，想着自己的业障这么深，又要受轮回之苦，又要受因果的报应。慢慢地，接受了很多的观念，也随着背了很多很多的包袱。

一个人背了很多包袱往前走，可以确定的一点是，他一定走不远；其次，他一定走得不轻松。那么，如果把佛法融入我们的生活中，成为一种重要的、可以实践的东西，佛法也才能产生它的价值和意义。

我和各位一样，在生命之中，也曾遭遇很多痛苦、无聊、悲哀、烦恼、无明和迷失，但是不要害怕，我们应该更努力地学习怎么来实践佛法，使佛法变成我们的灯火，照亮我们的眼睛，让我们无畏无惧地往前走，也使我们的灵性得到提升。

当我们的灵性提升的时候，我们所看到的这个世界就完全改观了。这个世界上的任何宗教，都是为人的价值而存在，不是人为宗教而存在的。所以在宗教上是不需要比较的，但是人却可以比较，不管你是道教徒、回教徒、基督徒或佛教徒都没有关系，重要的是你是否能够做好一个人的本分，使你的宗教因为你而得到光辉与发展。如果一个人的品质很差，没有得到提升，却出来跟人说他是佛教徒，大家听了一定会吓一跳，以后一定不敢再信仰佛教。因此我们应该努力提升人的品质，提升人的品质就是宗教最重要的意义。

一个求佛道、求菩提道、求解脱道的人，最重要的就是，希望能够打破一切对人间分别的执著。对于痛苦、无聊、悲哀及所有一切不好的事件，都能有一个新的观点来开展内在的世界，使我们以这些不好的东西作为养料，走向更好的道路。也就是希望将来能够过更平安或更平常的生活。唯有在生活中解脱的人，才能在生死时解脱；也唯有灵性自由的人，才能得到生命真实的自由。今生就是过去生和未来生最重要的展现，让我们就在今生今世里发慈悲心，有智慧、起大觉悟，大步走向解脱的、光明的、伟大的菩提道，这是我们花了一个半月时间在这里演讲、思维、体验的理由，也才是学习佛法一个最重要的目标呀！